프루스트와
지드에서의
사랑이라는 환상

프루스트와 지드에서의
사랑이라는 환상

초판 1쇄 발행   2004년   9월 30일
초판 2쇄 발행   2009년   6월   8일
재판 1쇄 발행   2015년 10월 30일
재판 2쇄 발행   2022년   9월 16일

지은이   이성복
펴낸이   이광호
펴낸곳   ㈜문학과지성사
등록번호   제1993-000098호
주소   04034 서울 마포구 잔다리로7길 18(서교동 377-20)
전화   02)338-7224
영업   02)323-4180(편집) 02)338-7221(영업)
전자우편   moonji@moonji.com
홈페이지   www.moonji.com

ⓒ 이성복, 2004. Printed in Seoul, Korea

ISBN 89-320-1541-4

프루스트와
지드에서의
사랑이라는 환상

이성복 지음

문학과지성사
2004

서문

 프루스트의 『잃어버린 시간을 찾아서』와 지드의 『좁은 문』
은 사랑이라는 환상의 발생과 진행, 쇠퇴와 소멸에 관한 총체
적인 보고라 할 만하다. 또한 사랑이라는 환상이 인간이 갖는
모든 환상들의 중핵이라면, 이 작품들은 인간이라는 환상 혹
은 세계라는 환상의 허망한 실상을 적나라하게 보여준다고
할 수 있다. 단적으로 말해 만법유식(萬法唯識)이라는 전통적
진리와 그리 동떨어지지 않은 이 작품들의 탁월성은 인간과
세계라는 환상에 즉(卽)해서, 그 진리까지도 환상의 연장으
로 받아들임으로써 진리의 환상과 환상의 진리, 달리 말해 인
식의 허망함과 허망함의 인식이 다른 몸이 아님을 증언하는
데 있다. 상극하는 것들의 화해 혹은 상생하는 것들의 불화로

이루어진 그 몸의 자리를 밝히고, 스스로 그 몸으로 남는 것이 좋은 문학의 본성이라면 이 두 작품 속에서 분석되는 사랑은 인간과 세계의 본질을 탐색하는 문학의 탁월한 길라잡이로 남을 것이다. 굳이 갈라서 이야기하자면 『잃어버린 시간을 찾아서』가 사랑이라는 환상이 배태되는 과정과 그 요인들을 문제 삼는다면, 『좁은 문』은 사랑이라는 환상이 유지되는 방식과 양태에 더 많은 관심을 기울인다고 할 수 있다. 각 작품에 대한 세 편의 글들로 이루어진 이 책은 사랑이라는 환상의 배태 과정과 유지 방식이라는 하나의 시나리오로도 읽힐 수 있을 것이며, 또 그러하기를 바라는 것이 저자의 숨길 수 없는 심정이다. 미흡한 글들을 책으로 묶어주신 문학과지성사에 깊은 감사를 드린다.

2004년 9월
이성복

프루스트와
지드에서의
사랑이라는 **환상**

차례

제 1 부

『잃어버린 시간을 찾아서』에서의
믿음의 문제

믿음이라는 주제

『잃어버린 시간을 찾아서』에 나타나는 여러 주제들 가운데, 특히 '믿음croyance'이라는 주제는 이 방대한 작품의 미궁을 헤쳐나올 수 있게 하는 '아리아드네의 실'로 기능할 수 있다. 그것은 이 주제가 현실, 욕망, 사랑, 상상력, 환상, 신화, 실재, 예술 등 이 작품의 골격을 이루는 주제들과 긴밀히 연관되어 있으며 그것들 사이를 잇는 역할을 하고 있기 때문이다. 특히 이 주제는 삶과 죽음, 꿈과 현실 등 대극을 이루는 요소들을 교직하며 그것들 사이의 외관상 반목이 실은 그것들이 속한 전체 속에서의 돌이킬 수 없는 유희임을 암시해준다. 다소 과장하자면 이 작품의 가장 구석진 세부라 할지라도 '믿음'이라는

주제의 자양을 공급받지 않는 부분은 찾기 어려울 것이다.[1]

일반적으로 믿음이라는 용어는 '……라고 생각하다croire que'라는 '의견opinion'과 '……를 믿다croire en'라는 '신앙foi'의 측면을 포괄하며, 이 두 측면이 갖는 긍정적, 부정적 의미를 아울러 가진다.[2] 즉 믿음은 한편으로는 지식과 과학으로부터 동떨어진 '의견'이라는 부정적 의미와, 종교적 가치 체계의 적극적 수용이라는 '신앙'의 긍정적 의미를 지니며, 다른 한편으로는 건전한 판단이라는 '의견'의 긍정적 의미와, 합리적 지식의 결여라는 '신앙'의 부정적 의미를 함축하는 것이다. 『잃어버린 시간을 찾아서』에서 '믿음'이라는 주제 또한 그 용어가 갖는 의미장(意味場)에서 크게 벗어나지 않는다.

믿음과 꿈

『잃어버린 시간을 찾아서』의 근간이 되는 여러 주제들을 연결하는 '믿음'의 의미망(意味網)을 탐색하기 위해 처음 착수해야 할 곳을 찾기란 그리 간단치 않다. 비유컨대 그것은 엉클

---

1 지금까지 '믿음'이라는 주제의 의미에 대해 포괄적인 접근을 시도한 예는 흔치 않다. 욕망, 사랑, 신화, 예술 등의 주제들에 관한 연구가 상당수 눈에 띄는 반면, '믿음'은 부수적으로 언급될 뿐이다. 비교적 상세한 고찰로는 '지각'과 '믿음'의 관계를 규명한 드 라트르의 저작을 들 수 있다.(A. de Lattre, *La doctrine de la réalité chez Proust*, t. 2, José Corti, 1981, pp. 170~200)

2 *Encyclopédie philosophique universelle*, volume dirigé par Sylvain-Auroux, P.U.F., 1990, pp. 522~25.

어진 실타래를 온전히 풀어낼 수 있는 단 하나의 실 끝을 발견하는 것과 마찬가지로 막막한 일이기도 하다. 이러한 곤경에서 헤어나기 위해 이 작품에서 믿음을 이야기하는 가장 아름다운 문장 하나를 찬찬히 짚어보는 것도 고려할 만한 일이다.

내가 그곳들[3]을 쏘다닐 적에는 사물들과 사람들을 믿었기 때문에, 내가 그곳에서 알게 된 사물들과 사람들은 아직도 내가 진실하게 받아들이는 유일한 존재들이고, 아직도 나에게 기쁨을 주는 유일한 존재들이다. 새로운 것을 만들어내는 신앙foi이 나에게 고갈되어서인지, 아니면 실재réalité는 기억 속에서만 형성되는 것이어서인지, 누가 지금 나에게 처음 보여주는 꽃도 내게는 진짜 꽃처럼 생각되지 않는다.(I, 184)[4]

이 글에서 우선 주목해야 할 것은 믿음이 어린 시절과 결부되어 있다는 점이다.[5] 무엇보다 어린 시절은 '믿음의 시기âge

---

3 이 문장에서 '그곳들'이란 어린 시절 마르셀이 돌아다녔던 메제글리즈 쪽côté de Méséglise과 게르망트 쪽côté de Guermantes을 가리킨다.

4 이하 기재되는 숫자는 M. Proust, *A la recherche du temps perdu*, texte établi et présenté par P. Clarac et A. Ferré, Gallimard, 1954, 3 vol., Bibl. de la Pléiade의 권수와 면수임을 밝혀둔다.

5 쥐엥은 '믿음'이 모든 어린이들에게 공통된, 예술적 감각의 특이한 소양이며 '감성-감각'의 천부적 기능이라고 말한다.(H. Juin, "L'incertitude de la réalité", in *Europe*, août-sep. 1970, p. 92)

des croyances'(III, 858)이다. 이 시기에는 새로운 것을 만들어 낼 수 있는 '신앙'이 존재하며, 그 때문에 삶은 "미지의 것, 감미로운 것, 열광적인 것"[6]으로 가득 차게 된다. 그러나 이와 같은 창조적 특권은 무한정 지속되지 않는다. 어른들의 몸이 "우유를 소화시킬 수 있는 요소로 분해하는 아이들의 능력"(III, 858)을 잃게 되듯이, 어른들의 정신은 삶을 풍요롭게 하는 믿음의 능력을 상실하는 것이다. 어른들의 생활 방식은 믿음이 존재하는 어린 시절과 판연히 다르다.

오랫동안 여전히 나는, 여러 여인들을 손에 넣으며 그녀들과 함께 맛보는 기쁨을 추상화시키지 않았던 시기, 그로 인해, 그녀들을 언제나 동일한 쾌락을 만들어내는, 서로 교체할 수 있는 도구로 여기게끔 하는 일반적인 개념notion générale으로 그 기쁨을 축소시키지 않았던 시기에 머물러 있었다.(I, 157)

믿음의 능력을 상실한 어른들이 주위 대상들을 추상화, 개념화, 도구화하는 반면, 믿음이 충만한 아이들은 대상들에게 구체성, 개별성, 특수성을 부여한다. 어른들의 사고방식이 생명 가진 것들에게서 생명을 빼앗는 것이라면, 아이들은 생명이 없는 것들에게도 생명을 불어넣는다. 이처럼 외부 대상들

---

6 *Jean Santeuil*, III, 258(P. Newman-Gordon, *Dictionnaire des idées dans l'œuvre de Marcel Proust*, Mouton, 1968에서 재인용-).

에게 고유한 인격과 영혼을 부여하는 믿음의 기능으로 인해, 어린 시절은 유난히 풍요로운 시기가 되는 것이다.

　그러나 내가 지나고 있었던 그 우스꽝스러운 시기âge ridicule ── 결코 보답이 없지 않고, 극히 풍요로운 ── 의 특징은 그 시기에는 지성의 도움을 받지 않는다는 점과, 사람들의 극히 사소한 속성이라도 그들의 개성을 이루는 분리할 수 없는 부분이 된다는 점이다. 그 시기에 우리는 온통 괴물들과 신들에게 둘러싸여 있어서, 거의 평온함을 맛보지 못한다.(I, 730)

　어린 시절은 대상을 해부하고 분석하는 지성의 시기가 아니라 부분과 전체, 보이는 것과 보이지 않는 것을 융합하는 믿음의 시기이다. 실제적인 이유에서 움직이는 어른들과 달리, 아이들은 완전한 자발성에 따라 행동한다. 유용성과 이해관계를 떠나 있는 그들은 타인의 의사는 물론 자신의 의도까지도 개입되지 않은 상태에서 살아간다. 그들에게는 대상을 받아들이는 것과 자신을 내주는 것이 다른 것이 아니며, 앎과 즐김은 분리될 수 없는 것이다. 그 때문에 어린 시절은 유난히 혼란과 불안으로 들끓지만, 이 시기야말로 우리가 진정으로 "무언가를 배울 수 있는 유일한 시기"(I, 730)가 되는 것이다.
　이처럼 자아와 대상이 믿음에 의해 불가분의 관계로 맺어질 때, 대상은 자아에게 '실재réalité'로 나타나 보인다. 앞서 화자가, 처음 보는 꽃이라도 진짜 꽃처럼 생각되지 않는다 한 것은 자신과 꽃을 결합하는 믿음을 상실했기 때문이다. 믿음이 부재할 때 대상은 '가짜'에 지나지 않는다. 그와는 달리, 믿음에 의해 주체와 결합된 대상은 시공간의 변화에도 불구하고 독자성과 실재성을 잃지 않는다.

그러나 결국 그 모든 것에도 불구하고, 질베르트와 마찬가지로 게르망트 가문 사람들은 내가 더 많이 꿈꾸었고, 사람들 개개인을 훨씬 더 믿었던 내 삶의 과거 속에 깊이 뿌리를 내리고 있다는 점에서, 여느 사교계 사람들과 달랐다.(III, 976)

여기서 우리는 '꿈'과 '믿음'이 같은 방식으로 기능한다는 것을 짐작할 수 있다. 즉 보이지 않는 것을 실재하는 것으로 받아들인다는 점에서 양자는 일치하는 것이다. 앞서 화자가 어린 시절 자신이 괴물들과 신들로 둘러싸였다고 말한 것도 같은 맥락에서이다. '믿음의 시기'에 수시로 출몰하는 그것들은 바로 꿈의 형상들인 것이다. 뿐만 아니라 우리는 여기서 대상이 개별성과 독자성을 획득하는 것이 믿음에 의해서라는 사실을 알 수 있다. 다른 것들과의 차이로 구체화되는 대상의 실재성은 '지성'에 의해 조작되고 '유용성'에 의해 형성되는 '일반적인 개념notion générale'과는 사뭇 다른 것이다. 이

때 실재성이란, 다음 화자의 말에서와 같이, 가시적 현실과 불가시적 꿈의 융합으로 볼 수 있다.

그러나 어떻든 나는 그녀가 나에게는 현실과 꿈의 진정한 교차점이라고 생각함으로써 위안을 얻었다.(III, 573)

화자가 어른이 된 후에도 게르망트 공작 부인은 여느 여인들과는 다른 여인으로 남아 있다. 그것은 그녀가 어린 시절 화자의 믿음에 의해 실제의 그녀와는 다른 존재로 변형되었기 때문이다. 여기서 새로운 대상을 만들어내는 '꿈'의 능력은 실상 현실의 대상을 변형하는 '믿음'의 능력에 다름 아니다.

믿음의 결핍

어린 시절 풍부하게 나타나는 믿음의 능력은 어른이 된 후에는 현저히 떨어지며, 노인이 되어서는 거의 찾아보기 어렵게 된다. 대부분의 어린이들과 달리, 노인들은 정월 초하루가 여느 날과는 다른 특별한 날이라고 생각하지 않는다. 그것은 주위에서 그들에게 "더 이상 선물을 주지 않기 때문이 아니라, 그들이 더 이상 새해를 믿지 않기 때문이다".(I, 488) 그들은 믿음이 아무런 효력도 없다고 생각하기 때문에 더 이상 희망을 갖지 않으며, 그 희망 없음의 다른 이름이 '슬픔tristesse'이다. 이 작품 도처에서 우리는 화자가 늙음을 슬퍼하는 장면을 목격하게 된다.

> 얼마나 끔찍한 일인가! 나는 혼자 이렇게 생각했다: 그 옛날 말이 끄는 수레처럼 이 자동차들이 우아하다고 생각하는 사람들이 있을까? 어쩌면 나는 이미 너무 늙어버렸나 보다. 〔……〕 얼마나 끔찍한 일인가! 우아함이 더 이상 존재하지 않는 오늘날, 나의 위안은 내가 알았던 여인들을 생각하는 것이다.(I, 425)

늙음이란 새로운 것을 만들어내는 믿음의 결핍을 의미한다. 사람이든 사물이든 한 대상에 믿음이 부여될 때, 그 대상은 '우아함élégance'을 지닌 것으로 비친다. 반대로 새로운 대상에게 바쳐질 믿음이 고갈될 때, 대상은 '끔찍함horreur'으로 나타날 뿐이다. 여기서 강조되어야 할 것은 그 끔찍함이 대상자체의 속성이 아니라, 믿음을 상실한 주체에게 대상이 나타나 보이는 양태라는 점이다. 지금 화자에게 끔찍하게만 생각되는 여인들이나 자동차들도 오늘날 젊은이들에게는 우아함을 지닌 대상으로 비칠 수 있다. 그것은 그들이 아직 '믿음의시기'에 있으며, 화자가 잃어버린 믿음이라는 특권을 마음껏 누리고 있기 때문이다.(III, 858)

문제는, 믿음이란 무엇이든지 만들 수 있지만, 아무것도 믿음을 만들어낼 수 없다는 데 있다. 믿음은 실제 사실들을 변화시킬 수 있지만, 사실들은 "믿음을 태어나게도, 파괴할 수도 없다".(I, 148) 그 때문에 일단 믿음을 잃게 되면, 남는 것은 오직 믿음이 충만했던 과거의 자신과, 자신의 믿음이 향했던 과거의 대상들에 대한 집착이다. 가령 젊은 시절 우리는 만나는 여인들의 옷에 각별한 의미를 부여하지만, 더 나이 들어 "믿음이 사라지고 나면, 고의적인 환상illusion volontaire에 의해 옷이 믿음을 대신하게 된다".(II, 385) 이때 사라진 믿음에 대한 애착이 크면 클수록, 믿음이 대신하는 사람이나 사물들에 대한 집착 또한 크게 된다. 화자는 이를 가리켜 '물신 숭배적 집착attachement fétichiste'이라 이름한다.

그러나 믿음이 사라진 뒤에도 우리가 잃어버린 힘, 새로운 사물들에게 실재성을 부여하는 그 힘의 결핍을 은폐하기 위해, 믿음이 생명을 불어넣었던 그 옛날의 사물들에 대한 물신 숭배적 집착이 더욱 활기차게 살아남는다. 마치 신성한 것이 우리 내부가 아니라 사물들 내부에 존재하며, 지금 우리의 무신앙이 신들의 죽음이라는 우발적 원인을 가지기라도 하는 것처럼.(I, 425)

사실 '신성한 것le divin'은 특정 대상의 고유한 속성이 아니라, 그 대상에 생명을 불어넣는 우리들의 믿음에 의해 생겨나는 것이며, 우리가 슬퍼하는 신들의 죽음이란 신들에 대한 우리 자신의 믿음의 죽음에 불과하다. 그런 점에서 '고의적인 환상'으로 믿음의 부재를 은폐하는 어른들의 삶은 모사(模寫)와 위장(僞裝)으로 이루어지는 것이라 할 수 있다.

상상력과 욕망

한 인간의 생애에서 믿음과 나이는 반비례의 관계를 갖는다. 바꾸어 말하면 믿음의 능력은 생명의 힘과 정비례하는 것이다. 이 점에서 '꿈'의 능력도 다르지 않다. 생명력 넘치는 어린 시절에는 꿈의 활동이 활발하지만, 노년이 되면 현저히 쇠퇴한다. 어린 시절 꿈은 믿음의 동반자로서, 현실 세계와는 다른 낯선 세계를 만들어내는 원동력이 된다. 이 작품 곳곳에서 믿음이 꿈의 다른 이름인 '상상력imagination'과 등가의 관계로 나타나는 것은 이 때문이다.

어떤 사물과 사람들을 여느 사물, 여느 사람들과 다르게 만들고, 분위기를 창출하는 것은 상상력과 믿음밖에 없다.(II, 31)

내가 아직도 믿음을 가지고 있었을 때는, 상상력이 그들을 개별화시켰고, 그들에게 전설légende을 마련해주었다.(I, 427)

상상력은 "사물들을 따뜻하게 하고, 살아 움직이게 하며,

개성personnalité을 부여한다".(I, 394) 또한 상상력은 사람들을 '개별자'individuel'로 파악하게 함으로써, 그들이 "유일한 존재이고, 우리에게 예정된 존재이며, 필연적인 존재로 여겨지게끔 한다".(III, 507) 이 같은 상상력의 작용은 주위 대상들에게 '독자성originalité'과 '개별적 삶vie individuelle'(I, 156)을 부여하는 믿음의 작용과 다른 것이 아니다.

그런데 상상력과 믿음은 그것들을 움직이는 '욕망désir'과 깊은 관련을 맺는다.[7] 화자가 되풀이해 지적하는 것처럼, "욕망이 아주 강해지면 믿음을 낳으며"(III, 511), 상상력은 "소유할 수 없는 것에 대한 욕망에 이끌린다".(I, 713) 즉 욕망은 믿음과 상상력의 활동 근거가 되는 것이다.[8] 그리하여 앞서 상상력이 믿음과 등가의 관계로 나타나는 것과 마찬가지로, 이번에는 욕망이 믿음과 동일한 역할을 행하는 것으로 나타난다.[9]

---

[7] 욕망과 상상력의 상호 관계에 대해서는 보네의 다음 지적을 새겨둘 만하다. "욕망과, 상상력의 열광은 서로가 서로를 낳는다. 이와 같은 반복 회귀récurrence 현상은 심리학에서 자주 나타난다. 결과가 원인에 영향을 미치고, 그리하여 더 이상 원인과 결과가 어디에 있는지 알지 못하게 되는 것이다."(H. Bonnet, *Le progrès spirituel dans* La Recherche *de Marcel Proust*, Nizet, 1979, p. 107)

[8] 욕망은 '결핍'을 근거로 하기에, 당연히 믿음과 상상력의 뿌리는 '결핍'으로까지 거슬러 올라간다. 믿음과 상상력에 의해 엮어지는 인간의 삶은 부재를 존재로 바꾸어주는 욕망이라는 '화음accord'(III, 626) 위에 구축되는 것이다.

[9] 멩에 의하자면 『잃어버린 시간을 찾아서』에서 '욕망'이라는 주제는 그 중요성에서 다른 주제들을 압도하며, 이 작품에서 개진되는 주요 사상들의 실마리가 된다. (M. Mein, *Thèmes proustiens*, Nizet, 1979, p. 8)

내가 메제글리즈를 산책하던 나이에는 우리의 욕망, 우리의 믿음이 한 여인의 옷에 개별적 특수성particularité individuelle 과 요지부동의 본질을 부여하였다.(II, 385)

비유컨대 욕망, 상상력, 믿음은 한 나무의 뿌리, 줄기, 가지와 마찬가지로 인간의 내면 세계가 외부 세계와 접하는[10] 위치에 따라 달리 표현되는 것이다. 그 셋의 작용을 갈라 설명하자면, 욕망은 부재하는 대상을 꿈꾸고, 상상력은 그 대상을 그려내며, 믿음은 그 대상에 실체성을 부여하는 것이다. 요컨대 그 셋은 대상에게 '요지부동의 본질irréductible essence'을 갖추게 하는 것이다.

믿음의 변화 작용

때로는 욕망, 때로는 상상력으로 작용하는 믿음은 외부 대상들을 개별화하고 특수성을 부여하며, '전설légende'과도 같은 분위기로 그들을 감싼다. 다음 두 문단에서 우리는 믿음이 대상들에게 부여하는 특수성이 통일성, 일관성, 영혼, 삶, 진리,

---

10 여기서 '접한다'라는 표현은 간과할 수 없는 뉘앙스를 지닌다. 그 표현은 이미 존재하는 세계와의 만남을 의미할 뿐만 아니라, 새로운 세계를 만들어내는 것까지도 암시한다. 분명한 것은 프루스트에게 현실은 믿음에 의해 구성 혹은 재구성된다는 점이다.

중요성, 매혹, 우아함, 아름다움 등으로 표현됨을 볼 수 있다.

그와는 반대로, 내 추억 속에서 그 혼합 양식의 살롱은 어떤 통일성과 개성적인 매혹을 지니고 있었는데, 그 통일성과 매혹은 과거로부터 우리가 물려받은 가장 결함 없는 사물들의 집합이나, 한 사람의 흔적이 뚜렷하게 남아 있는 가장 생생한 사물들의 집합이 결코 가질 수 없는 것들이다. 왜냐하면 오직 우리들만이, 우리가 바라보는 사물들이 그들 나름의 삶을 살고 있다는 믿음에 의해, 그들에게 영혼을 부여하기 때문이다. 그때부터 사물들은 그 영혼을 간직하게 되며, 우리들 속에서 그 영혼을 발전시켜나간다.(I, 539)

나는 그 광경의 모든 새로운 부분들에 일관성과 통일성과 삶을 주기 위해, 그 새로운 부분들 속에 들여와야 할 믿음을 더 이상 갖고 있지 않았다. 그리하여 그 새로운 부분들은 무턱대고, 어떤 진리도 없이 내 앞에 펼쳐져 있었고, 옛날처럼 내 눈이 꾸며내려고 애쓸 수도 있었을 어떤 아름다움도 내부에 지니고 있지 않았다. 그곳의 여인들은 내가 그녀들의 우아함에 대해 아무런 믿음도 가질 수 없을 만큼 평범한 여인들이었고, 그녀들의 옷은 아무런 중요성도 없는 것처럼 나에게 비쳤다.(I, 425)

외부 대상의 진실과 아름다움은 오직 주체 내면의 믿음을 전제로 한다. 진실과 아름다움은 대상 내부에 존재하는 것이 아니라, 주체의 믿음이 '구성하는composer' 것이기 때문이다. 대상들은 우리가 그들에게 부여해준 영혼을 갖게 되며, 그들 내부가 아니라 우리 자신의 내부에서 그 영혼을 발전시킨다. 요컨대 우리는 믿음이라는 매개를 통하지 않고서는 대상들의 삶, 영혼, 아름다움과 만날 수 없다. 외부 세계와 내면 세계의 만남은 반드시 믿음이라는 '사이 공간milieu'에서 이루어지는 것이다.

그날 아침 내 앞에, 그리고 알베르틴 앞에 (빛나는 햇빛 말고도) 우리가 볼 수는 없었으나, 그 반투명의 움직이는 매개체를 통해 나는 그녀의 행동을, 그녀는 자신의 삶의 중요성을 바라보았던 사이 공간, 즉 믿음이 있었다. 그 믿음은, 우리가 지각할 수는 없지만 우리를 둘러싸고 있는 공기와 마찬가지로, 순전한 공백un pur vide으로는 돌릴 수 없는 것으로서, 우리 주위에서 수시로 변화하는 분위기, 때로는 기막히게 좋은 분위기와 빈번히 숨 막히는 분위기를 만들어내는 것이기에, 기온이나 기압, 계절과 마찬가지로 관심을 기울여 측정하고 기록해두어야 할 가치가 있다. 왜냐하면 우리의 나날들은 그것들 나름의 물질적, 정신적 독자성을 갖고 있기 때문이다.(III, 148)

여기서 믿음은 주체와 대상 사이에 존재하는 "반투명의 움직이는 매개체"로 지칭되며 기온, 기압, 계절 등 물리적 세계의 보이지 않는 구성 요소들에 비견되고 있다. 하루하루의 기상 현상과 마찬가지로 우리의 믿음은 육체적 감각으로는 포착할 수 없으며 고정불변하는 것이 아님에도 불구하고, 외부 대상들을 감싸는 '분위기atmosphère'를 만들고 그것들에게 '독자성originalité'을 부여한다.[11] 이 작품에서, 이와 같은 믿음의 창조적 기능은 춤추는 여인의 모습, 빛깔, 성격 등을 순간순간 변화시키는 '조명등'(I, 947)이나, "자신의 집중, 유동, 분산, 도주로써 사물들 하나하나를 변화시키는, 거의 보이지 않는 [바다의] 구름"(I, 948)에 비유된다.

그처럼 주체와 대상을 매개하는 믿음은 한 대상을 동류의 다른 대상들과 구별하게 할 뿐만 아니라, 같은 대상이라 할지라도 매 순간 다른 성격과 다른 분위기를 띠게 한다. 그러므로 소박한 실재론자들의 생각과 달리, 외부 대상으로부터 믿음이 비롯되는 것이 아니라, 주체의 믿음으로부터 대상이 존재하게 되는 것이다. 즉 대상은 주체의 지각 이전에 즉자적으로 존재하는 것이 아니라, 주체의 믿음에 의해 생성되며, 믿

---

11 당연히 그 분위기와 독자성은 외부 대상들의 속성이 아니라, 그것들과 관계하는 주체 자신의 '정신의 창작물création de l'esprit'에 지나지 않는다. "나는 그곳들을 마치 두 개의 실체entités처럼 생각하면서, 그곳들에다 우리 정신의 창작물에만 속하는 일관성과 통일성을 부여하였다."(I, 134~35)

음의 쇠퇴와 더불어 소멸한다. 요컨대 믿음은 우리의 감각 세계를 지탱하는 필수 불가결한 지주가 되는 것이다.

　우리의 감각 세계라는 건물을 떠받치고 있는 것은 언제나 보이지 않는 믿음이며, 믿음이 없으면 그 건물은 흔들리고 만다. 우리는 믿음이 사람들의 가치나 무가치, 그들을 만나는 기쁨이나 지겨움을 만들어낸다는 사실을 확인한 바 있다. 그와 마찬가지로, 믿음은 어떤 슬픔이 오래지 않아 끝날 것이라고 납득시킴으로써 그다지 큰 슬픔이 아닌 것처럼 견디게 하거나, 아니면 그 슬픔이 갑자기 커져서, 어떤 한 사람이 우리 자신의 목숨만큼, 때로는 그 이상으로 값진 존재라고 생각하게끔 한다.(III, 445)

　믿음은 대상의 가치 유무와 사실의 중요성 여부를 결정한다. 대상과 사실은 믿음의 변동에 따라 끊임없는 '변모 modification'를 겪게 되는 것이다.[12] 가령 알베르틴이 한결같이 자신을 사랑해주리라는 화자의 믿음이 사라짐에 따라, 그녀는 불과 몇 초 사이에 거의 무의미한 존재로부터 무한히 소

12　"그러나 그 순간 나는 한 사람의 모습, 중요성, 위력 등에서의 변화들은 또한 그 사람과 우리 사이에 가로놓인 어떤 상태들의 가변성variabilité에 기인할 수도 있다는 사실을 깨달았다. 그 점에서 가장 중대한 역할을 하는 상태들 가운데 하나가 바로 믿음이다."(I, 857)

중한 존재로 바뀐다. 이 점에서 우리 욕망의 대상이 되는 어떤 존재, 어떤 사실도 예외가 없다. "그것이 이루어질 수 없다고 믿을 때 우리는 다시 그것에 집착하게 되며, 실패하지 않으리라 확신할 때 우리는 그것을 애써 추구할 만한 가치가 없는 것으로 생각한다."(III, 640)

이와 같은 믿음의 변화 작용은 생활 세계 전반에 나타난다. 가장 비근한 예로, 우리는 젊은 시절에 알았던 사람을 언제나 젊게 보며, 늙어서 알게 된 사람을 과거로 소급해 늙은 모습으로 상상한다. 그처럼 머리로 아는 것과 실제로 믿는 것 사이에는 확연한 간극이 존재하며,[13] 믿음 혹은 고정관념은 객관적 현실까지도 바꾸어버리는 것이다.[14]

사랑의 오류와 도착

믿음의 변화 작용이 가장 구체적으로, 가장 확실하게 드러나는 것은 남자와 여자 사이의 사랑에서이다.[15] 화자의 말에 따

---

13 "우리는 백만장자나 군주가 내일이면 권력을 잃고 도망자가 될 수 있다는 사실을 추론으로는 알지만, 실제로는 믿지 않고서 그들의 신용과 후원을 기대한다."(III, 964)

14 "자신에게 병이 있다고 믿음으로써 병이 들고, 야위어가고, 일어설 힘도 없게 되며, 신경성 위염에 걸리게 된다. 남자들에 대해 다정하게 생각함으로써 여자가 되고, 있지도 않은 치마에 발이 걸린다."(II, 908~09)

15 "우리는 믿음의 역할을 프루스트의 심리학에서 다시 발견하게 된다. 앞으로 살펴보게 되듯이, 우리에게 사람들이나 사물들의 가치를 만들어주는 것은 믿음이다. 우리에게 알려져 있지 않은 믿음의 무의식적 작용은 특히 사랑에서 중요하다."(H. Bonnet, *op. cit.*, p. 106)

르자면 사랑은 '믿음의 변동variation d'une croyance'에 불과하기에 본질적으로 '무(無)néant'이다.(I, 858) 즉 사랑은 결핍에서 비롯된 욕망이 만들어내는 믿음들의 총체일 뿐이다. 사랑은 사랑의 대상보다 '먼저 존재하고préexistant' 항상 '유동적mobile'이다. 사랑이 한 대상에 일시적으로 고정되는 것은 그 대상이 다른 대상들에 비해 특별한 자질을 갖추고 있어서가 아니라, 다만 그 대상을 손에 넣기가 '거의presque'[16] 불가능하게 보이기 때문이다. 그로 인해 우리는 대상 자체보다 대상을 손에 넣는 방법에 더 많은 관심을 쏟으며, 그 고통스러운 과정을 통해 사랑은 우리가 제대로 알지도 못하는 한 대상에게 고착된다. 따라서 "실제의 여인은 (우리의 사랑) 속에서 거의 아무런 자리도 차지하지 못하는"(I, 858) 것이다.

바꾸어 말하면 실제의 여인은 단순한 매개체에 불과할 뿐, 사랑의 진정한 대상은 그 여인을 향한 우리 자신의 믿음들의 총체이다.[17] 사실 "우리가 한 여인을 사랑할 때, 우리는 단지 그녀에게 우리 '마음의 상태état d'âme'를 투사할 뿐"(I, 833)이다. 그러기에 지극히 평범한 여인이라 할지라도 탁월한 인간 탐구의 저작들 이상으로 "우리 자신의 가장 내밀하고, 가

---

16 여기서 '거의'라는 부사는 각별한 주목을 요한다. 한 대상을 손에 넣는 일이 완전히 가능해 보이거나 완전히 불가능해 보일 때, 그 대상은 욕망을 불러일으키지 않을 것이다. 욕망은 '거의'라는 부사가 가리키는 반투명성에 의해 자극된다.

17 프루스트는 사랑의 진정한 대상을 실제 인물과는 무관한, 우리 자신 속에 숨어 있는 '내면의 인형poupée intérieure'(II, 270)이라고 정의한다.

장 개성적이고, 가장 깊이 숨겨지고, 가장 본질적인 부분"을 드러내게 하는 것이다. 다음 화자의 말에서, 그 심층적인 '마음의 상태'는 우리 자신도 지각하지 못하는 '어떤 꿈un certain rêve'으로 표현된다.

> 우리가 사랑하는 사람들 속에는 우리가 언제나 지각하고 있지는 않지만, 우리가 추구하는 어떤 꿈이 내재되어 있다. 내가 질베르트를 사랑하도록 만들었던 것은 베르고트에 대한 나의 믿음이었으며, 내가 게르망트 부인을 사랑하도록 만들었던 것은 질베르 르 모베에 대한 나의 믿음이었다.(III, 839)

우리가 한 사람을 사랑하게 되는 것은 그의 고유한 특성들 때문이 아니라, 그와 관련된, 그러나 그 자신과는 무관한 '어떤 것'에 대한 우리의 '꿈' 때문이다. 화자가 스완의 딸 질베르트를 사랑하게 되는 것은 스완의 집에 자주 드나들던 작가 베르고트에 대한 선망 때문이며, 또한 그가 게르망트 공작 부인을 사랑하게 되는 것은 게르망트 가문의 전설적인 인물, 질베르 르 모베에 대한 환상 때문이다. 뿐만 아니라 알베르틴에 대한 "가장 고통스럽고, 가장 시샘 많고, 가장 개성적인" 사랑은 대부분 바다에 대한 그리움에 빚지고 있는 것이다. 요컨대 한 사람에 대한 사랑은 그를 매개로 한 다른 것에 대한 사랑

이며, 타인은 또 다른 타인에게로의 안내자일 뿐이다.[18]

따라서 사랑의 대상이 되는 사람에게 고유한 것, 혹은 그의 개성적인 것으로 간주되는 부분은 실상 그 자신과는 '다른 어떤 것'이며, 우리의 꿈과 믿음을 불러일으키는 것은 바로 그 다른 어떤 것이다. 그런 이상, 화자의 표현을 빌리자면, "우리가 추구하는 개성적인 것l'individuel 때문에, 타인에 대한 사랑은 이미 다소간 도착(倒錯)aberration이다".(III, 839) 이 같은 오류는 비단 사랑의 문제에만 국한되는 것이 아니다. 인간의 사고와 행위는 믿음이라는 '최초의 착오erreur initiale'에서 비롯되며, "우리가 믿는 것들의 상당 부분은 전제prémisse에 대한 최초의 오해méprise에서 생겨난다".(III, 656)

이처럼 믿음이 개입되는 한, 인간의 삶은 '끊임없는 과오'의 되풀이이며, 따라서 믿음의 굴절과 왜곡 작용을 도외시하고 대상의 본질을 논의하는 것은 어리석은 일일 뿐이다.

언제나 돌이켜 생각해야 했던 것은 믿음들이었다. 대부분의 시간에 믿음들은 우리도 모르는 사이 우리 마음을 채우고 있지만, 우리가 보는 어떤 사람보다 우리의 행복에 더 많은 중요성을 행사한다. 왜냐하면 우리가 한 사람을 보는 것은 믿음들을 통해서이며, 우리에게 보이는 그 사람에게 잠정적인 중

---

18 이 같은 연쇄적 지연은 정확히 '기호 표현들signifiants'의 미끄러짐을 상기시킨다.

요성grandeur passagère을 부여하는 것도 믿음들이기 때문이다.(I, 947)

우리의 눈과 마음은 믿음이라는 필터를 통하지 않고서는 대상을 바라볼 수 없다. 우리가 의식하든 하지 않든 간에 믿음은 이미 대상을 바라보는 눈과 마음속에 들어와 있는 것이다. 우리는 우리의 믿음이 보고 이해하려는 것만을 지각할 수 있으며, 그런 이상 대상은 끝내 미지의 것으로 남을 수밖에 없다. 바꾸어 말하면 믿음이 개재되는 한 대상의 존재는 애매하고 유동적이며, 어떤 '직접적 인식'도 불가능한 '어둠ombre'으로 남는다.

한 인간이란 내가 믿었던 것처럼 그의 장점, 결점, 계획, 우리에 대한 그의 의도 등과 더불어 (쇠창살 너머로 화단 전체와 함께 바라다보이는 정원처럼) 뚜렷하고 움직이지 않는 존재로서 우리 앞에 있는 것이 아니라, 우리가 결코 파고들 수 없는 어둠, 그에 대한 직접적 인식이 있을 수 없는 어둠으로서 존재한다.(II, 67)

우리는 타인의 말과 행동을 바탕으로 수많은 믿음들을 만들어내지만, 그 믿음들은 모두 불충분하고 모순되는 '정보들renseignements'을 가져다줄 뿐이다. 그로 인해 타인은 우리가 결코 파고들어 갈 수 없는 '어둠', 즉 영원한 미지의 존재로 남게 된다.[19] 우리를 둘러싼 인간과 사물, 나아가서는 우리 자신까지도 오직 표류하고 변화하며, 확정되지 않은 상태로 존재한다. 우리 자신을 포함한 모든 존재의 유동성은 우리가 가진 믿음의 가변성과 불가분의 관계에 있다. 요컨대 믿음이 인식에 작용하는 한, 인식의 대상은 본질 없음 외에 다른 본질을 가질 수 없는 것이다.

환멸과 실망

그런데 이 같은 믿음의 오류와 도착이 폭로되고, 믿음에 오염되지 않은 대상의 본래 모습이 드러나는 드문 순간들이 있다. 그때 대상을 매개로 주체의 믿음이 빚어낸 '정신의 창조물'은 '가장 비속한 현실'의 세계로 추락하고 만다.[20]

나는 언젠가는, 보이지는 않지만 믿음이나 자연계의 기압처럼 강력한 그 힘의 본질에 좀더 가까이 다가가보리라고 마음

---

19 우리의 사랑이 클수록 사람과 사물들은 더욱 인식 불가능한 존재가 된다. 즉 대상에 대한 믿음의 왜곡 작용은 사랑에 의해 극대화되는 것이다. "얼마나 자주 대귀족은 그가 키운 집사에게 해마다 도둑질을 당하는가! (……) 우리가 타인에 대해 사랑을 품고 있을 때, 타인의 동기들mobiles 위에 드리워진 장막은 얼마나 파고들기 힘든가!"(III, 618)
20 『잃어버린 시간을 찾아서』에서 꿈과 실제 사이의 차이는 이 소설의 중요한 주제가 된다.(P.-V. Zima, *Le désir du mythe*, Nizet, 1973, p. 82)

32

먹었는데, 그 힘은 내가 잘 알지 못할 때에는 도시나 여인들을 드높이 끌어올렸다가도, 내가 일단 그들에게 가까이 다가가면 그들 밑에서 빠져나가, 그들로 하여금 가장 비속한 현실의 맨 바닥에 추락하도록 만들었다.(III, 172)

믿음은 주체와 대상 사이의 거리를 통해서만 작용한다. 그 거리가 시간적인 것일 때는 '기억'이, 공간적인 것일 때는 '상상력'이 믿음의 방편으로 이용되는 것이다. 그 점은 "베르고트의 글 몇 페이지처럼, 게르망트 부인의 매력은 멀리 떨어져 있을 때만 나에게 드러났고, 내가 그녀 가까이 있을 때는 사라져버렸는데, 그것은 그 매력이 내 기억이나 상상력 속에 존재했기 때문이다"(III, 976)라는 화자의 말에서도 드러난다.[21]

기억과 상상력은 인식 주체와 현실 대상 사이에 시간적이든, 공간적이든 일정한 거리의 확보를 전제로 한다. 그 거리가 소실될 때 대상은 '매혹charme'과 '실재성réalité'을 상실하고, 그 결과 주체는 '실망déception'과 '환멸désillusion'을 맛보게 된다. 『잃어버린 시간을 찾아서』는 시공간의 거리 소멸로 인해 거듭되는 화자의 실망과 환멸의 기록이라 할 수 있다. 그 대표적인 예가 발베크 성당의 경우이다. 마르셀은 그 성당

---

21 여기서 '기억'과 '상상력'을 시간과 공간의 틀에 따라 구분한 것은 이해의 한 방편에 불과하다. 우리 내면에서 꿈과 추억은 서로 분리할 수 없을 만큼 한 몸을 이루고 있기 때문이다.

의 종루가 "모래알이 쌓이고, 새들이 선회하는 가파른 해벽"
위에 솟아 있을 것으로 상상했으나, 실상 "두 갈래 전차 노선
의 분기점이 되는 광장의, '당구'라는 금박 글자가 새겨진 카
페 맞은편"에 서 있는 것을 보고 실망을 금치 못한다. 오랜 세
월 뒤 다시 찾은 불로뉴 숲의 경우도 크게 다르지 않다.

여신의 낙원Jardin élyséen de la Femme이라는 느낌이 사라
져버린 숲을 자연이 다시 통치하기 시작했다. 인공의 풍차 위,
진짜 하늘은 잿빛이었다. 흔히 보는 호수에서처럼 바람이 큰
호수 위에 잔물결을 일으키고 있었다. 흔히 보는 숲에서처럼
커다란 새들이 재빨리 숲을 날아다녔고, 날카로운 울음소리를
내지르며 차례차례 큰 떡갈나무 위로 내려앉았다. 골족(族) 사
제의 관(冠)을 쓴 그 떡갈나무들은 도도나Dodone 신전의 위
엄을 지닌 채, 용도 변경된désaffecté 숲의 비인간적 공허를 알
리는 듯이 보였다.(I, 427)

화자의 기억 속에서 '숲bois'은 '숲Bois'으로, '호수lac'는 '호
수Lac'로 존재했다. 즉 그것들은 대문자로 표기될 만큼 신성
과 신비로움을 지니고 있었다. 그러나 지금의 숲과 호수는 기
억 속에서의 매혹과 실재성[22]을 전혀 갖고 있지 않다. 이제 그

---

22 프루스트 작품의 중요한 개념어 가운데 하나인 'réalité'는 위 인용문에서 드러
나듯이, 때로는 주체의 관념 작용을 내포하는 '실재' 혹은 '실재성'의 뜻을 지니

것들은 '여신의 낙원'과도 같은 신비의 공간을 구성하는 것이 아니라, '비인간적인 공허'의 일부일 뿐이다. 이 같은 환멸은 기억과 현실의 맞대면뿐만 아니라, 상상과 현실의 맞대면에 의해서도 이루어진다. 어린 시절 마르셀이 꿈꾸던 플로랑스, 파르므, 베니스 등 이탈리아 도시들은 실제로 시적인 꿈과는 무관한 산문적인 도시들로 밝혀진다.

이러한 환멸은 사물이나 장소에 대해서만 일어나는 것이 아니다. 이 작품에서 인간에 대한 환멸은 사물과 장소에 대한 환멸과 동궤를 이룬다. 가령 화자는 게르망트 부인이 그녀의 성관(城館) 정문의 횡목(橫木)에 조각된 인물들처럼 교회와 도시들을 거느린 존재로 상상하였으나, 궂은 날씨에 외출한 그녀의 손에는 우산이 들려 있을 뿐이다.

그처럼 모든 여인들은 일단 현실에서 우리가 알게 되고 우리 손 안에 들어오게 되면, 즉 "우리가 넘어서기를 꿈꾸던 거리가 제거되고 나면, 이전에 우리가 상상했던 여인들이 아니다".(III, 143) 그녀들은 그녀들이 우리에게 불러일으킨 수많은 상상이나 욕망들과 분리되어 오직 그녀들 자신으로 환원

며, 때로는 주체의 관념 작용을 배제하는 '현실' 혹은 '실제'의 뜻을 지닌다. 약과 독의 뜻을 함께 지니는 'pharmakon'이나, 처녀막과 결혼(처녀막의 파괴)을 동시에 뜻하는 'hymen'과 마찬가지로 양면성을 지닌 이 단어는 『잃어버린 시간을 찾아서』라는 텍스트의 경첩으로 기능한다. "프루스트의 작품에는 두 개의 현실 réalité이 공존한다. 한편으로는 욕망과 신화의 현실이 있으며, 다른 한편으로는 실현과 행동의 현실, 실망의 현실이 있다."(P.-V. Zima, op. cit., p. 83)

되며, 그리하여 수많은 모습으로 '불어날 수 있는 힘pouvoir de se multiplier'을 잃게 되는 것이다. 이처럼 거듭되는 환멸에서 화자가 얻는 결론은 한결같다.

또한 그 떡갈나무들은 나에게 기억 속의 풍경들을 현실에서 찾는 일이 얼마나 모순된 것인가를 보다 잘 이해하게 해주었는데, 그 풍경들의 매혹은 언제나 기억 자체로부터 오며, 감각을 통해서는 지각되지 않는 것이다. 내가 전에 알았던 현실은 더 이상 존재하지 않았다.(I, 427)

내가 너무도 깊이 체험했던 것은 마음속에 있는 것을 현실에서 발견하는 일이 불가능하다는 사실이며, 발베크에 다시 가거나 질베르트를 만나러 탕송빌에 돌아간다고 해서 잃어버린 시간을 되찾을 수 없는 것과 마찬가지로, 생 마르크 성당에 다시 가더라도 잃어버린 시간을 되찾을 수 없다는 사실이며, 그 옛날의 느낌들이 내 바깥 어느 한구석에 존재한다는 환상을 다시 불러일으킬 뿐인 여행은 내가 찾는 방법이 될 수 없다는 사실이었다.(III, 876)

요컨대 기억 속에 간직되거나 상상력에 의해 빚어진 내면의 실재들은 그것들을 매개한 현실의 대상들과는 근본적으로 다른 것이다. 따라서 외부 대상과 내면의 실재를 동일시하거나, 외부 대상에서 내면의 실재를 확인하려는 태도는 '모순된' 것이라 아니 할 수 없다. 달리 말하면 기억과 상상 속의 대상들은 "나에 의해 독단적으로 만들어졌으며, 내 뜻대로 채색될 수 있는"(I, 175) 것이기 때문에, 그것들을 현실에서 발견하려는 노력은 어김없이 좌절되는 것이다. 화자의 말을 빌리자면, 현실의 대상들은 '육신의 눈yeux du corps'을 통해 지각되는 반면, 기억이나 상상력에 의해 만들어진 실재들은 '정신의 눈yeux de l'esprit'으로만 포착된다.(III, 31) 그러므로 이 작품에서 거듭되는 주인공의 환멸은 '정신의 눈'으로만 볼 수 있는 것을 '육체의 눈'으로 확인하려는 모순적인 태도에서 비롯된 것이라 할 수 있다.[23]

믿음의 창조성

결국 외부 대상에 '매혹'과 '실재성'을 부여하는 믿음은 확인된 현실 앞에서의 '환멸'과 '실망'의 근본 원인임이 드러났다.

---

23 좀더 자세히 말하자면 마르셀의 삶에서 현실이 무수히 그를 실망시켰던 것은 "[그]가 현실을 지각하는 바로 그 순간, 아름다움을 향유할 수 있는 유일한 수단인 [그]의 상상력이 현실에는 적용될 수 없기"(III, 872) 때문이며, 또한 상상력의 적용이 불가능한 것은 "우리는 부재하는 것만을 상상할 수 있다"는 필연성에서 기인한다. 그에 반해 상상력이 현실의 대상 앞에서 즐거움을 누리는 드문 순간은 대상이 존재하면서 동시에 부재하는 모순적인 조건을 갖출 때이다. 가령 잠들어 있는 알베르틴의 몸은 주인공의 육안으로 지각할 수 있으나, 그녀의 영혼은 그의 심안(心眼)으로만 포착될 수 있다. 이처럼 존재하면서 동시에 부재하는, 잠든 알베르틴은 그녀가 깨어 있을 때와는 달리 화자에게 돌연한 행복감을 맛보게 한다.

그렇다면 삶의 실상을 바로 알기 위해서는 삶을 왜곡하는 믿음들을 제거하는 것이 마땅한 일이 아니겠는가. 그러나 문제는 그리 단순하지 않다. 비록 "멀리서 우리에게 아름답고 신비롭게 비치던 사물들과 사람들에게 한껏 가까이 다가가, 그들이 그 아름다움과 신비로움을 지니고 있지 않다는 사실을 깨닫는 것이 인생의 문제를 해결하는 방법들 가운데 하나"(I, 948)라 할지라도, 또한 그리하여 다시 확인한 "지극히 끔찍한 현실이 고통과 동시에 아름다운 발견의 기쁨을 준다"(I, 1115) 할지라도, 우리의 삶은 한순간도 믿음 없이는 지속될 수 없다. 현실과의 대면에서 믿음이 부서져 내리는 순간, 이내 또 다른 믿음이 현실을 에워싸는 것이다.

우리는 무언가 미지의 것을 드러내 보이는 모든 삶에 이끌리며, 무너뜨려야 할 마지막 환상illusion에 이끌린다.(II, 567)

사랑의 호기심은 장소의 이름noms des pays[24]이 부추기는 호기심과 마찬가지로, 늘 실망을 맛보지만 언제나 다시 태어나, 충족되지 않은 채로 남아 있다.(III, 143)

---

24 '이름'은 욕망, 꿈, 상상력, 믿음, 환상, 환멸의 연결 고리로 작용한다. 우리는 자신도 모르는 사이 사물이나 사람들의 이름 속에 우리의 꿈과 상상력이 갈망하는 것을 축적하며, 그러기에 그 이름들은 우리의 욕망을 유인한다.(I, 389) 모든 이름들은 그것들이 지시하는 대상에게 '영혼âme'과 '개별성individualité'을 부여하는 것이다.

내가 알게 된 여인들 곁에서 맛보았던 실망감, 그리고 내가 가본 도시들에서 맛보았던 실망감에도 불구하고, 나는 새로운 여인들이나 도시들의 매혹charme에 이끌렸고 그들의 실재성 réalité을 믿었다.(III, 171)

삶이 지속하는 한 믿음과, 믿음이 만드는 환상은 존재할 수밖에 없다. 바꾸어 말하면 삶은 믿음과, 믿음이 만든 환상으로써만 지속될 수 있다. 모든 믿음이 필연적으로 환멸로 귀결된다 할지라도, 환멸은 또 다른 믿음의 출발점이 되는 것이다. 또한 믿음 없이는 환멸도 있을 수 없는 까닭에, 환멸에 의해 드러나는 현실 또한 믿음에 빚지고 있는 것으로 볼 수 있다. 만약 믿음이 없다면 어떻게 현실이 환상의 가면을 벗을 수 있겠는가. 뿐만 아니라 비록 현실이 순간적으로 제 모습을 드러낸다 하더라도, 믿음이라는 필터 없이 그 현실을 지각할 수는 없다. 요컨대 현실은 한순간도 믿음으로부터 자유로울 수 없는 것이다.

여기서 짐작되는 것은 궁극적으로 믿음이, 그것이 가진 역기능에도 불구하고 진실 혹은 실재로 다가가는 길잡이가 된다는 점이다.[25] 그 점은 "진정한 현실은 내면적이다"라는 화

---

25 "본질적인 것과의 만남이 가능하다면, 그 만남은 현실적인 것의 양식modalité을 벗어난 현실적인 것과의 만남, 즉 생각idée으로만 존재하는 충만성이나 불멸성

자의 말에서도 분명히 드러난다. 우리의 내부에서 믿음이라는 필터를 거치지 않은 현실은 존재할 수 없으며, 존재한다 하더라도 별다른 의미와 가치를 지닐 수 없다. 왜냐하면 외부 현실에 의미와 가치를 부여하는 것은 바로 우리의 믿음이기 때문이다. 현실의 대상들은 우리의 믿음에 의해 '영혼âme'과 '개별성individualité'을 얻고, 그에 따라 각자의 '삶vie'을 살게 된다. 이와 같은 믿음의 창조적 기능은 특히 예술가들의 작업에서 두드러지게 나타난다.

천부적 재능génie의 발전 법칙에 대해 다소간 인식을 가진 사람들은 누구나 천부적 재능의 힘이 믿음의 대상이 가진, 상식을 충족시키는 어떤 것에 의해 측정되기보다는, 믿음의 힘 자체에 의해 측정된다는 사실을 알고 있다.[26]

우리를 둘러싼 사물과 사람들에게 새로운 의미와 가치를 부여하는 예술 창조의 작업은 바로 '믿음의 힘force des croyances'에 의해 가능해지는 것이다. 예술가의 천재성은 그가 관찰하는 대상에 달려 있는 것이 아니라, 그가 가진 믿음

과 양립할 수 있는 외재성의 계시révélation de l'extériorité와의 만남일 수밖에 없을 것이다."(G. Picon, *Lecture de Proust*, Mercure de France, 1963, p. 135)

26 *Pastiches et Mélanges*, pp. 158~59(P. Newman-Gordon, *Dictionnaire des idées dans l'œuvre de Marcel Proust*, Mouton, 1968에서 재인용).

의 힘과 비례하는 것이라 할 수 있다. "실제의 여인이 〔우리의 사랑〕에서 거의 아무런 자리도 차지하지 못하는"(I, 858) 것과 마찬가지로, 예술가의 창조 작업에서 관찰 대상이 차지하는 역할은 그리 크지 않다. 문제는 믿음이 대상을 얼마나 새롭게 빚어내는가에 달려 있는 것이다. 각기 다른 믿음들을 가진 예술가들이 동일한 세계로부터 서로 다른 세계를 읽어내는 데 반해, 믿음의 창조적 힘을 갖지 못한 뭇사람들은 서로 다른 세계들까지도 동일한 세계로 인식한다.[27]

비록 우리가 화성이나 금성에 간다 하더라도 지금과 똑같은 감각을 지니고 가는 한, 그 별들에서 우리가 보게 될 것은 지구 위의 사물들과 똑같은 모습을 띠고 있을 것이다. 유일한 진정한 여행, 유일한 **청춘의 샘**의 목욕은 새로운 풍경을 향해 다가가는 것이 아니라, 다른 눈을 가지는 것이며, 수많은 다른 사람들의 눈으로 세계를 보는 것이고, 다른 사람들 각자가 보

---

27 여기서 우리는 "사물들의 외양과 거죽에 대한 하찮것없는 명세서만을 만들어내는" 사실주의 예술에 대한 화자의 반감을 이해할 수 있다. 사실주의 예술은 과거와 미래로부터 현재를 차단함으로써 "우리를 가장 궁핍하게 하고 비참하게 만드는" 까닭에, 현실을 지향한다는 그 주장에도 불구하고 "현실로부터 가장 멀리 떨어진"(III, 885) 예술이라 할 수 있다. 그에 반해 진정한 예술은 '거죽'이 아니라 '깊이'를 추구하는 예술, 묘사하는décrire 것이 아니라 해독(解讀)하는déchiffrer 예술이다.(III, 896) 그런 의미에서 화자는 "진정한 삶, 마침내 찾아내고 밝혀낸 삶, 따라서 실제로 우리가 살았던 유일한 삶, 그것이 문학이다"(III, 895)라고 단언하는 것이다.

는 수많은 세계, 다른 사람들 각자라는 수많은 세계를 보는 것이다. 그리고 그 일을 우리는 엘스티르나 벵테이유, 혹은 그들과 비슷한 사람들과 더불어 할 수 있으며, 그때 우리는 정말로 이 별에서 저 별로 날아다닐 수 있는 것이다.(III, 258)

여기서 모든 환멸과 실밍의 원인이 되는 믿음은 잠으로 역설적이게도 "유일한 진정한 여행" "유일한 **청춘의 샘의 목욕**", 즉 '진정한 실재la vraie réalité'와의 만남을 가능케 하는 관건이 된다. 단적으로 말해 믿음의 창조성은 '다른 눈' 혹은 '다른 사람의 눈'으로 세계를 바라보는 것을 의미한다. 그때 우리는 진정한 세계 여행을 하는 것이며, 무궁무진한 세계들을 바라볼 수 있게 되는 것이다. 이즈음에 우리는 다시 이 글의 앞머리에서 인용했던, 믿음에 관한 아름다운 문장으로 돌아오게 된다.

내가 그곳들을 쏘다닐 적에는 사물들과 사람들을 믿었기 때문에, 내가 거기서 알게 된 사물들과 사람들은 아직도 내가 진실하게 받아들이는 유일한 존재들이고, 아직도 나에게 기쁨을 주는 유일한 존재들이다. 새로운 것을 만들어내는 신앙foi이 나에게 고갈되어서인지, 아니면 실재réalité는 기억 속에서만 형성되는 것이어서인지, 누가 지금 나에게 처음 보여주는 꽃도 내게는 진짜 꽃처럼 생각되지 않는다.(I, 184)

거칠게 요약하자면 믿음의 동력이 꿈, 욕망, 기억, 상상력에서 나온다면, 그것들을 통해 믿음이 만들어내는 것은 진실, 새로움, 기쁨, 매혹이다. 실재를 만들어내는 믿음의 창조 행위를 거치지 않은 대상은 모두 '진짜le vrai'가 아니다. 하나의 대상은 믿음의 창조 행위에 의해 수많은 실재들로 불어날 수 있지만, 수많은 대상들도 믿음의 창조 행위를 통하지 않고서는 단일한 비실재로 환원될 뿐이다.

믿음의 이중적 기능

지금까지 살펴본 바와 같이 『잃어버린 시간을 찾아서』에서 '믿음'이라는 주제는 이중적인 의미를 지닌다. 믿음은 현실의 대상을 매개로 하여 실재를 만들어내지만, 그 실재는 현실의 대상과 일치할 수 없으므로 필연적으로 환멸을 야기한다. 이와 같은 양면성은 믿음과 짝을 이루는 현실에서도 나타난다. 현실은 믿음이 창조한 실재의 순전한 주관성과 허구성을 드러낼 때 그 긍정적인 의미를 갖지만, 실재를 은폐하고 실재로 자처할 때 그 부정적인 의미를 띠게 된다.[28]

28 "확실히 프루스트에게 있어서 정신과 현실에 부여되는 상대적 가치는 모호하다. 이따금 그는 정신이 기여하는 바와 변형하는 힘을 확인하고 즐거워하지만, 다른 데서는 그 때문에 실망하기도 한다. 한편으로, 현실적인 것은 실망을 가져다주고 숨 쉴 수 없는 분위기를 만들어내며, 상상력이나 기억 같은 정신의 세계만이 숨 쉴 수 있는 분위기를 만든다. 다른 한편으로, 정신의 세계는 현실적

그러나 이와 같은 양면성의 인식에도 불구하고 궁극적으로 화자가 선택하는 것은 있는 그대로의 현실이 아니라, 믿음에 의해 세워지는 실재의 세계이다.[29] 궁극적으로 그가 '잃어버린 시간temps perdu'을 '순수 상태의 시간temps à l'état pur'으로 재발견하게 되는 것은 현실 세계에서가 아니라 내면 세계 속에서이다. 그러나 이와 같은 화자의 선택온 선택에 의해 배제된 쪽으로부터 완전히 자유로울 수 없다. 즉 화자에 의해 선택된 실재의 세계는 은폐된 현실 세계의 존재를 전적으로 말살할 수 없는 것이다.

그러므로 믿음에 의해 창조된 실재의 세계는 요지부동 확고한 상태로 존재하는 것이 아니라, 태어나는 순간부터 붕괴될 위험과 함께 존재하는 것이다. 그리고 되찾은 '순수 상태의 시간' 또한 현실 세계의 불순한 시간에 감염된 것이라 하지 않을 수 없다. 그것은 되찾음을 가능케 했던 믿음 자체가 긍정적 기능과 부정적 기능을 동시에 포괄하고 있기 때문이다.

그러나 다시 뒤집어 생각한다면, 비록 현실에 감염되지 않

인 것의 왜곡과 위축이며, 현실적인 것의 진리가 갈망된다. 왜냐하면 빈번히 현실이 실망을 가져오는 것은 상상력이 우리를 기만하기 때문이기도 하다."(G. Picon, *op. cit.*, p. 96)

29 "프루스트는 세계와 자기 자신을 구하기 위해 신화를 선택하고 지성 대신 본능을 취한다."(P.-V. Zima, *op. cit.*, p. 209) 지마의 표현을 빌리자면, 프루스트가 선택하는 실재는 대상을 갖지 않은 욕망, 즉 '절대적 욕망désir absolu'이며 '동어 반복적 욕망désir tautologique'이다.

은 실재는 없다 하더라도, 실재가 없다면 어떻게 현실 앞에서의 환멸이 가능할 것이며, 실재에 대한 현실의 감염 또한 어떻게 가능할 것인가. 현실에 감염되지 않은 실재가 있을 수 없듯이, 실재에 감염되지 않은 현실은 존재하지 않는 것이다.

『잃어버린 시간을 찾아서』에서의 관념과 실재

관념론이라는 주제

『잃어버린 시간을 찾아서』를 두루 살피는 방법들 가운데, 이 작품에서 인간 심리 분석가로서의 작가의 관찰과 사색을 뒤쫓는 것도 그 하나가 될 것이다.[30] 흔히 교향악이나 대성당에 비유되는 이 소설에서 방대한 양의 사유와 성찰의 기본 뼈대들은 사실 프루스트 자신의 발견이라기보다는, 당대의 지적 성취와 문화적 지각 변동으로부터 직·간접적으로 연유된 것

---

30 많은 프루스트 평자들은 그가 몽테뉴나 생 시몽 계열의 인간성 탐구자 혹은 심리 분석가의 전통에 서 있는 것으로 본다. 특히 멩은 이 소설에 산재하는 잠언이나 철학적 탐구로 인해 전통적 소설 개념이 희박해진다고 언급한 바 있다.(M. Mein, *Thèmes proustiens*, Nizet, 1979, p. 7)

으로 볼 수 있다. 프루스트의 독창성은 그 추상적인 이론들에
구체적 이미지와 비근한 실례들을 찾아준 데 있다.[31]

『잃어버린 시간을 찾아서』를 지탱하고 있는 프루스트 사상
의 주요 골조들을 파악하기 위해 우리가 선택한 단서는 '관념
론idéalisme'의 문제이다. 우리는 이 주제어를 작품의 마지막
편인 「되찾은 시간」 후반에서 발견하게 된다.

　　지나온 삶에서 또한 나는 아주 사소한 사건들까지도 이제
　　내가 이용하려는 관념론의 교훈을 내게 주는 데 이바지하였음
　　을 깨달았다.(III, 910)

이 작품의 말미에서, 작가가 자기 책을 끝내려는 순간 화자
가 자신의 책을 시작하려 한다면,[32] 다시 그 화자에 의해 쓰인
책이라는 형식으로 읽힐 수 있는 이 책은 화자가 지나온 삶에
서 얻은 '관념론'이라는 뼈대 위에 구축된 것임에 틀림없다.
이 작품에서 세계는 우리 자신의 창조물에 불과하며, 사물들
은 우리에게서 빌려온 삶을 살 뿐이다.[33] 여기서 우리는 관념

---

31 보네가 밝힌 바 있듯이, 인식에서 정신의 구성적 역할을 처음으로 규명한 사람
은 프루스트가 아니다. 다만 그는 "그 법칙을 수많은 독창적인 예들로 설명했으
며, 그 법칙에 연유해 일어나는 착각들을 부각시킴으로써 자기 방식으로 재검
토했던" 것이다.(H. Bonnet, *Le progrès spirituel dans* La Recherche *de Marcel Proust*,
Nizet, 1979, p. 27)

32 M. Raimond, *Le Roman depuis la révolution*, Armand Colin, 1971, p. 150.

론의 역사적 의미 변천을 세세히 따질 것이 아니라, "주체와
이성이 현실을 반영하는 데 그치지 않고, 어떤 방식으로든 현
실에 형태를 부여하고 현실을 구성한다"[34]는 그것의 좁은 의
미에 머물기로 한다. 그것은 "외부 세계는 존재하지 않으며,
우리는 우리 자신 속에서 삶을 펼쳐나가고 있다"(III, 566)는
화자의 말과도 일치한다. 사실 주체가 현실을 구성한다는 생
각은 이 작품 도처에서 거의 강박적으로 나타나며, 직접적으
로 언급된 것만 고르더라도 그 수는 적지 않다.

　　게다가 나는 그것을 미리 짐작할 수도 있었을 것이다, 왜냐
　　하면 바닷가의 그 아가씨는 나에 의해 만들어진 것이니까.(I,
　　875)

　　이 현실은 우리의 생각에 의해 다시 만들어지지 않는 한, 우
　　리에게 존재하지 않는다.(II, 756)

33　마르탱 데슬리아스에 의하면 "이 책의 인물들과 자연 풍경들은 작가의 관념론
　　에 통행료를 지불하고, 공물을 바침으로써만 프루스트적 세계 속에 들어올 수
　　있다".(Martin-Deslias, *Idéalisme de Marcel Proust*, p. 78) 그의 설명에 따르자면,
　　프루스트의 관념론은 '존재론적' 내용을 배제한 채, 세계를 구성하는 의식에 관
　　심을 기울인다는 점에서 '현상학적'이라 할 만하다.

34　*Encyclopédie philosophique universelle*, volume dirigé par Sylvain-Auroux, P.U.F.,
　　1990, p. 1195.

진정한 현실은 정신에 의해서만 파악될 수 있으며, 정신의 조작 대상이 되므로, 우리가 진정으로 인식할 수 있는 것은 생각에 의해 다시 창조되어야 하는 것이다.(II, 770)

우리는 미소나 눈길, 어깨를 보고서 사랑을 하게 된다. 그것만으로 충분하다. 그러고 나서, 희망과 슬픔의 긴 시간 동안 하나의 인물을 만들어내고, 하나의 성격을 구성하는 것이다.(III, 531)

사람들은 그들에 대해 우리가 가진 생각으로써만, 우리에게 존재한다.(III, 641)

우리는 타인과 사물을 있는 그대로 파악하고 이해하는 것이 아니라, '구성하고composer' '만들어내고fabriquer' '다시 창조하는recréer' 것이다. 화자가 "고집으로든 진심으로든, 우리가 믿는 것의 상당 부분은 전제에 대한 최초의 오해에서 나온 것이다"(III, 656)라고 했을 때 그 '오해méprise'란 바로 "진정한 현실은 내면적이다"라는 사실에 대한 몰이해, 바꾸어 말하면 진정한 현실이란 외적인 것이라는 그릇된 믿음에서 나오는 것이다. "신앙심보다 더 완고하고, 제 믿음에 대해 검토해보지 않는"(III, 190) 그 최초의 오해 때문에, 인간의 삶은 '끊임없는 착오perpétuelle erreur'의 연속이며, 세상은 인간이 꾸

며낸 거대한 '환상illusion'에 지나지 않는다.[35]

그렇다면 인간이 자신이 만든 환상으로부터 빠져나와, 있는 그대로의 현실을 만나는 것은 도무지 불가능한 일일까. 이에 대한 화자의 답은 단호하다.

인간은 자기 자신으로부터 빠져나올 수 없는 존재이며, 자신 안에서만 남들을 알 수 있고, 그와 반대되는 말을 하면 거짓말하게 되는 존재이다.(III, 450)

그럼에도 불구하고 인간은 "자신에 대해서는 생각하지 않고, 자신으로부터 빠져나올 생각만 한다".(I, 157) 인간의 역설은 자기로부터 빠져나올 수 없는 자신을 돌이켜볼 생각은 않고, 자기로부터 빠져나올 생각만 한다는 데 있다. 애초에 자기로부터 벗어날 수 있거나, 벗어날 생각을 하지 않는다면 인생의 '끊임없는 착오'는 존재하지 않을 것이다. 우리와 타인, 우리와 사물들의 관계는 오직 우리의 생각 속에서만 존재하며, 그러한 관계가 존재한다는 믿음에도 불구하고, 우리는 저마다 홀로 존재할 따름이다. 달리 말하면 우리와 타인, 우리와 사물들 사이에는 '우발성의 가장자리liséré de

---

35 화자에 의하면 인식이든 질투든 모든 것은 자기로부터 나오며, 외부 현실은 별다른 중요성을 갖지 않는다. "우리는 누구나 자신이 느낀 기쁨으로부터만, 지식과 고통을 끌어낼 수 있다."(III, 386)

contingences'(III, 975)가 끼여 있는 것이다. 그 가장자리는 인간 고독의 증거이며, 인간은 고독하게도 그 가장자리를 만들도록 운명 지어져 있다.

욕망의 소묘

그런데 참으로 역설적이게도, 인간의 고독은 고독하지 않으려는 최초의 한 생각에서 비롯되는 것이다. 마치 우리가 벽을 밀 때 그 밀리는 힘으로 벽이 우리를 밀듯이, 인간의 고독은 고독하지 않으려는 노력과 동시에 생겨나고, 그와 더불어 왜곡된 세계가 생겨난다. '안'과 '바깥', '나감'과 '들어옴'은 동일한 장소, 동일한 행위에 대한 서로 다른 방향에서의 표현일 뿐이다.

그렇다면 자신으로부터 빠져나가려 함과 동시에 자기 바깥을 만들어내는 그 한 '생각'의 정체는 무엇일까. 그것이 혹시 「갇힌 여인」에서 화자가 "한 여인은 내가 매 순간 그녀에 대한 욕구에 의해 그녀를 다시 창조하지 않는 한, 실제로 내 곁에 있는 것이 아니다"라고 했을 때의 그 '욕구besoin'가 아닐까. 다시 말해 대상이 우리의 욕구를 불러일으키는 것이 아니라, 우리의 욕구가 대상을 다시 만들어내는 것이다. 당연한 이야기지만, 욕구 혹은 욕망은 그것이 지향하는 대상의 부재 혹은 결핍을 전제로 한다. 화자에 따르면, 인간의 삶은 부재를 존재로 바꾸는 욕망이라는 '화음accord' 위에 구축된다.

비록 단 하나의 화음처럼 유일한 것이라 할지라도, 극히 사소한 우리들의 욕망은 그 위에 우리의 삶 전체가 세워지는 기본 음들을 제 속에 받아들인다.(III, 626)

욕망이 없다면 '인식connaissance' 또한 존재할 수 없다. 근원적으로 말하자면 모든 인식은 욕망의 추동력을 낳는 부재 혹은 결핍에서 비롯되는 것이다. 이 점에서 화자의 설명은 대단히 시사적이다.

이 모든 아름다운 것들에 관하여 알베르틴은 공작 부인보다 훨씬 더 날카로운 감식안을 지니고 있었는데, 그것은 소유를 가로막는 장애 요인(나의 경우, 여행을 그토록 어렵게 만들고 그토록 바랄 만한 것으로 만든 병이 그 요인이다), 즉 부유한 것보다도 더 풍요로운 가난이라는 것이, 여인들에게 그녀들이 살 수 없는 옷 이상의 것을 베풀어주기 때문이다. 그것은 바로 옷에 대한 욕망이며, 그 욕망은 옷에 대한 진실하고 상세하며 깊이 있는 인식이 된다.(III, 63)

건강의 결핍인 '병'과 돈의 결핍인 '가난'은 '여행'과 '옷'에 대한 욕망을 낳는데, 그러한 욕망이 바로 인식의 원동력이 되는 것이다. 문제는, "언제나 우리 자신과는 반대되는 것을 지향하는"(III, 610) 욕망이 인식을 낳는 정도에 그치는 것이 아니라, 인식 그 자체가 된다는 점에 있다. 어떤 욕망도 결핍을 선행하여 있을 수 없듯이, 어떤 인식도 욕망에 앞서 존재할 수 없는 것이다.

그러나 나는, 독서에 의해 내 마음속에 욕망이 일깨워지지 않은 것, 내 자신이 미리 소묘를 떠놓고서 나중에 실제의 것과 대조해보려고 하지 않은 것은 볼 수가 없었다.(III, 719)

대상을 인식하기 위해서는 먼저 욕망에 의해 소묘를 떠놓는 일이 필수적이며, 실제의 대상과 소묘를 대조해보는 것은 차후의 일이다. 극단적으로 말하자면, 인식이란 욕망이 이미 떠놓은 소묘를 보는 것이다.[36] 이 작품의 바깥에서 작가가 "우리의 주의력은 실제로 보는 것보다 훨씬 더, 욕망하는 것으로 향한다"[37]라고 적고 있는 것도 같은 맥락에서이다. 가령 글을 읽는 단순한 행위조차 읽는 이 자신의 욕망을 투사하는 것에 지나지 않는다. "읽으면서 우리는 짐작하고 만들어낸다. 모든

---

[36] 욕망이 소묘를 떠놓는 일에 '상상력'이 관여한다는 사실은 다음 화자의 말을 통해 확인된다. "그리고 나의 상상력은 내 관능과 접촉함으로써 힘을 얻고, 내 관능은 상상력의 전 영역에 두루 퍼져 나가, 내 욕망은 더 이상 한계가 없었다."(I, 156)

[37] *Chroniques*, p. 109(P. Newman-Gordon, *Dictionnaire des idées dans l'œuvre de Marcel Proust*, Mouton, 1968에서 재인용).

것이 최초의 착오에서 비롯된다."(III, 656) 요컨대 욕망이라는 '최초의 착오'로부터 자유로운 것은 이 세계 내에서 아무것도 없다.

아마도 우리 주위의 사물들의 부동성은 그것들이 바로 그것들이고 다른 것이 아니라는 우리의 확신에 의해, 그리고 그것들을 바라보는 우리 생각의 부동성에 의해 그것들에게 강제로 부여된 것이리라.(I, 7)

우리는 사물들을 발견하고 인식하는 것이 아니라, 사물들에게 우리 자신의 욕망의 '반영reflet' 혹은 정신의 '창조물création'(I, 134)을 투사한다.[38] "사물들 자체가 힘을 가진 것이 아니라, 우리가 사물들에게 힘을 부여하는 것"(III, 857)이며, 우리가 "사물을 소유하는 것도 생각으로써만 그렇게 할 수 있다"(III, 552). 결국 사물들은 한순간도 우리의 '생각pensées'에서 벗어날 수 없는 것이다. 나아가 사람들 또한 다른 사람의 생각에 의해 만들어진 존재일 뿐이다.

---

[38] 실제 사물들은 우리가 투사한 욕망의 반영들과는 무관하다. 현실의 사물들 속에서 욕망의 반영을 찾으려 할 때, 우리는 필연적으로 '실망déeption'을 맛보게 된다. 『잃어버린 시간을 찾아서』에서 욕망과 실망은 주인공의 상상적 여정의 중요한 계기가 된다.

우리의 사회적 개성은 다른 사람들의 생각의 창조물이다. '아는 사람을 본다'라는 지극히 단순한 행위조차 부분적으로는 지적인 행위acte intellectuel이다. 우리는 우리가 바라보는 사람의 구체적인 모습을 우리가 그 사람에 대해 가지고 있는 여러 관념들notions로 가득 채운다. 그리하여 우리가 마음속에 떠올리는 그 사람의 전체적인 모습 안에서, 이 관념들은 확실히 가장 많은 부분을 차지한다. (……) 우리가 그의 얼굴을 보거나 그의 목소리를 들을 때마다, 다시 만나고 귀담아듣는 것은 바로 이 관념들이다.(I, 19)

여기서 우리는 '지적인 행위' '관념들'이 감정이나 욕구와 대립되는 것이 아님을 유의할 필요가 있다. 그것들은 욕망의 '반영'이나 정신의 '창조물'이라는 표현으로 옮겨놓을 수 있을 것이다. 이 작품의 화자에게, 이성과 지성은 감정과 욕망으로부터 자유로울 수 없는 것으로 인식된다. "가장 많은 진리를 내포하고 있는 철학 체계들도, 마지막 분석에서 그 체계들을 만든 사람에게 감정의 이치에 의해 암시된 것"이며, "이성이 훨씬 더 자유롭다 할지라도, 제 스스로 부여하지 않은 법칙에 따르기"(II, 297) 때문이다. 즉 진리에 가장 근접한 것으로 여겨지는 이성은 실상 비이성적 요소들에 지배되며, 지성에 의해 형성된 관념들 또한 욕망의 지층에 뿌리를 두고 있는 것이다.

정신의 조작

화자가 "감각의 증언 또한 신념이 명백함을 만들어내는 정신의 조작이다"(III, 190)라고 단언하는 것도 같은 맥락에서이다. 외적 여건을 있는 그대로 전달한다고 여겨지는 감각은 실제로는 '정신의 조작opération de l'esprit'으로부터 자유롭지 못하다. 감각은 외적 현상들을 있는 그대로 보고하는 것이 아니라, 그것들 위에 욕망의 분비물인 관념들을 투사하고 덮어씌운다.[39] 이러한 "과오는 신앙보다 고질적이며, 믿음들croyances을 검토하지 않는"(III, 190) 것이다. 그 믿음들이란 감각의 보고를 왜곡하는 관념들과 다른 것이 아니다.

우리의 감각 세계라는 건물을 떠받치고 있는 것은 언제나 보이지 않는 믿음이며, 믿음이 사라지면 그 건물은 흔들리고 만다.(III, 445)

놀랍게도 감각이 믿음의 토대가 아니라, 믿음이 감각의 토대가 된다.[40] 믿음은 사물들에게 '영혼âme'을 갖게 하고(I,

---

39 그 비근한 예로 화자는 단어의 올바른 발음을 늘 다른 식으로 알아듣는 호텔 지배인을 든다. 그는 언제나 '공중변소'를 뜻하는 pissotière라는 단어를 pistière로 알아듣는다.

40 여기서 우리는 믿음의 뿌리가 욕망이라는 사실을 되새길 필요가 있다. 화자가 누차 언급하듯이, "믿음을 낳는 것은 바로 욕망"(III, 609)이며, "욕망이 아주 강

539), 여느 것들과 달리 만들며, 고유한 '분위기atmosphère'를 띠게 하는 것이다(II, 31). 또한 믿음은 사람들의 중요성과 '가치valeur'를 결정하고, 만남의 도취나 지겨움을 만들어내며, 슬픔을 견딜 만한 것으로 혹은 견딜 수 없는 것으로 만들어버린다.(III, 445) 외부 사실들은 결코 믿음의 세계 속에 파고들 수 없으며, 믿음들을 태어나게 하거나 파괴하지도 못한다. "사실들이 계속적인 반박을 가해 와도, 믿음들은 약화되지 않는다."(I, 148) 이를테면 한 집안에 끊임없이 불행과 병이 닥쳐도, 하나님의 자비와 의사의 신통력에 대해서는 의문을 제기하지 않는 것과 같다. 그와는 반대로 믿음 혹은 '고정관념 idée fixe'은 없는 사실까지 있게 만든다.

자신에게 병이 있다고 믿음으로써 병이 들고, 야위어가고, 더 이상 일어설 힘도 없게 되며, 신경성 위염에 걸리게 된다. 남자들에 대해 다정하게 생각함으로써 여자가 되고, 있지도 않은 치마에 발이 걸린다. 이런 경우 고정관념은 (앞의 경우, 건강 상태를 바꾸는 것과 마찬가지로) 성(性)을 변화시킨다.(II, 908)

해지면 믿음을 낳기"(III, 511) 때문이다. 가령 마르셀이 알베르틴의 무구(無垢)함을 더 이상 믿지 않게 된 것은, 그렇게 믿어야 할 욕구를 갖지 않았기 때문이다. 또한 그녀가 자신을 떠나지 않으리라 믿었던 것은 그가 그러기를 원했기 때문이며, 그녀가 죽지 않았다고 믿었던 것도 그가 그러기를 바랐기 때문이다. 이처럼 욕망이 믿음을 낳는다는 사실을 우리가 전혀 눈치채지 못하는 것은 "믿음을 낳는 욕망들 대부분이 우리가 죽는 날까지 계속되기 때문이다".(III, 609)

결국 믿음이 물질적 조건을 바꾸고 관념이 존재를 낳는다는 극단적인 유심론이 성립된다. 그 유심론에 비추어볼 때 사랑하는 "여인들은 우리의 기질의 산물이고, 우리의 감수성의 이미지, 전도된 투영, 음화(陰畵)négatif"(I, 894)이며, "우리의 사랑들, 우리의 애인들은 우리의 고뇌의 딸들이다"(III, 501)라는 화자의 진술은 쉽게 납득된다. 요컨대 타인은 우리 자신의 '인위적 창조물création factice'이며 '내면의 인형poupée intérieure'(II, 270)으로 존재할 따름이다. 우리의 내부에서 기억과 상상력으로 조립된 이 인형은 우리가 만나고 상대할 수 있는 유일한 존재로서, 실제의 인물과는 판연히 다르다. 우리는 실제의 인물과 머릿속의 그 인형을 닮게 하려고 애쓰지만 실패할 수밖에 없으며, 그 결과 필연적으로 고통을 겪게 된다. 결국 타인들이란 우리 자신의 '생각들의 다발faisceau de pensées'로 존재하는 것이다.

알베르틴은 나에게 한 다발의 생각들일 뿐이었으며, 그 생각들이 나에게 살아 있는 한, 실제로 그녀가 죽은 뒤에도 여전히 살아 있었다.(III, 641)

그리하여 '죽은 인간이 살아 있다'는 역설이 성립하게 되는데, 화자는 이를 '이교적(異敎的) 생존survie païenne'(III, 511)

이라 이름 짓는다. 죽은 자는 일종의 '생의 후광aura de vie'에 둘러싸이며, 이 후광은 그가 살아 있을 때와 같은 방식으로 끊임없이 우리들의 생각을 점유할 뿐 아니라, 때로는 "죽은 자가 산 자보다 더 많은 영향력을 미치기"(II, 770)까지 한다.

이처럼 모든 대상은 우리의 관념으로 존재하는 것이기에, 같은 대상이라 할지라도 바라보는 사람들의 눈에 따라 무수히 다른 존재들로 나타나는 것이다.

세계는 우리 모두에게 진실하지만, 우리 각자에게 서로 다르다. [……] 매일 아침 깨어나는 것은 하나의 세계가 아니라 수백만의 세계, 이 세상에 존재하는 사람들의 눈동자와 지성들과 같은 수만큼의 세계들이다.(III, 191)

뿐만 아니라 같은 존재를 같은 사람이 본다 하더라도, 보는 사람의 관념이 바뀔 때마다 다른 존재가 된다. 세상에서 이러한 천변만화로부터 벗어나 있는 것은 아무것도 없다. 진실에 대한 인식뿐만 아니라, 인식의 범주를 구성하는 시간, 공간까지도 우리의 관념이 변화하는 한, 따라서 변화하지 않을 수 없다.[41]

41 한 생물학자의 다음과 같은 보고는 시간과 공간이 인식의 객관적 범주가 아니라, 인식 주체에 의해 만들어지는 것임을 밝히고 있다. "모든 사태의 틀을 만들고 있는 시간이란 것은 그 내용이 가지각색으로 변화하고 있지만, 우리의 눈에

그 똑같은 거짓말도 3주 뒤에는 진실이 되었다.〔……〕왜냐하면 진실은 우리에게 엄청나게 변하는 것이어서, 다른 사람들은 도무지 영문을 모른다.(III, 19)

또한 양직인 견지에서 보너라도, 우리의 삶에서 하루하루는 똑같지 않다. 나처럼 신경이 예민한 기질을 가진 사람들은 하루하루를 보내면서, 마치 자동차처럼 매번 다른 '속도'를 낸다.(I, 390)

왜냐하면 이 바다들 하나하나는 하루 이상 머물러 있는 적이 없기 때문이다. 다음 날이면 다른 바다가 보였는데 그 바다는 이따금 전날의 바다와 비슷했다. 그러나 나는 똑같은 바다를 두 번 다시 본 적이 없었다.(I, 705)

또한 시간과 공간이 변화하는 한, 그 안에서 살아 움직이는

는 다만 항상 객관적으로 고정되어 있는 것처럼 보인다. 그러나 우리는 방금 주체가 그 환경 세계까지 지배하고 있는 것을 보았다. 이제까지는 시간이 없으면 생명을 가진 어떤 주체도 존재할 수 없다고 믿어왔다. 이제야 우리는 살아 있는 주체가 없으면 어떠한 시간도 존재하지 않는다고 말하지 않으면 안 된다. 다음 장에서 우리는 이와 비슷한 것이 공간에 대해서도 들어맞는다는 사실을 알 수 있을 것이다. 다시 말해서 생명을 가진 주체가 없다면 공간도 시간도 존재할 수 없는 것이다."(야콥 폰 윅스퀼Jakob von Uexküll, 『생물에서 본 세계』, 김준민 옮김, 안국출판사, 1988, p. 30)

사람들 또한 변화하지 않을 수 없다.

　　사람들은 우리가 그들을 알아감에 따라 혼합제 속에 집어
넣은 금속처럼 변화한다. 우리는 그들이 조금씩 그들의 장점
들을(때로는 결점들을) 잃어가는 것을 보게 된다.(II, 792)

　　각각의 사람들은 우리가 더 이상 그들을 보지 않을 때 파괴
된다. 그리고 그들이 다음에 나타날 때는 새로운 모습을 띠며,
그 새로운 모습은 그들의 모든 모습과 다르지 않다 하더라도,
적어도 그 직전의 모습과는 다르다.(I, 917)

우리는 사물이나 사람들을 마음이라는 '움직이는 장치
système animé'(II, 140)의 부단한 작동에 따라 지각할 수 있다.
뿐만 아니라, 우리의 자아 또한 항구·불변하게 고정된 것이
아니어서, 마음의 장치가 움직임에 따라 서로 다른 '나'가 태
어나는 것이다. 화자의 표현을 빌리자면 "나는 단 한 사람의
나가 아니라, 서로 다른 부류의 인간들로 구성된 군대 행렬
같은 것"(II, 490)이다. 가령 한 여인을 사랑하는 사람의 경우,
그 행렬 가운데는 사랑에 미친 나, 무관심한 나, 질투하는 나
등 여러 종류의 나가 존재하며, 그 각각의 나 또한 무수한 나
들로 구성된다.

감각들의 성층

그러나 우리의 자아가 이처럼 통시적으로 변화해가는 것만
은 아니다. 통시적으로 변화해간 자아의 여러 단편들이 공시
적으로 축적되어 현재의 나를 이루는 것이다. 다양한 지층들
이 쌓여 산을 이루는 것과도 같은 이러한 자아의 형성을 화자
는 '성층(成層)stratification'(III, 544)이라는 말로 표현하고 있
다. 그렇다면 당연히 우리의 자아뿐만 아니라, 자아의 관념적
분비물인 인식 대상 또한 '성층'일 수밖에 없으리라. 과연 「도
망간 여인」에서 화자는 그의 연인 알베르틴을 '감각들의 성층
stratification de sensations'(III, 438)이라는 말로 지칭하고 있다.

그런데 현재 우리의 자아를 이루는 여러 '층(層)들couches'
은 우리가 태어난 이래 여러 자아들의 단편으로만 구성되는
것은 아니며, 더 깊숙한 층위에는 부모와 조상들의 성격도 잠
재해 있는 것이다.(III, 692) 또한 이러한 자아의 성층은 일단
형성되면 불변하는 것이 아니라, 지진이나 화산으로 인한 지
각 변동처럼 "끊임없이 융기가 일어나 옛날의 층들이 표면으
로 노출된다".(III, 545) 요컨대 우리의 자아는 통시적으로든
공시적으로든 끊임없이 변화하는 것이다. 우리의 자아가 부
단한 변화 속에 놓여 있을진댄, 대상이 변화하는 곳 어디에서
나 자아의 변화를 관찰할 수 있다.

왜냐하면 나는 여러 번 서로 다른 시간에, 각기 다른 그녀

를 보았기 때문이다. 그때마다 그녀는 나에게 다른 여자였고, 나 자신도 다른 나로서 다른 빛깔의 꿈속에 잠겨 있었다.(III, 990)

그래서 내가 나 자신 속에서 없애버려야 했던 것은 단 하나의 알베르틴이 아니었다. 각각의 알베르틴은 어느 한순간, 즉 알베르틴을 만났을 때 내가 놓여 있던 그 시간과 관련되어 있었다.(II, 489)

순간들의 연속이었던 것은 알베르틴만이 아니었다. 나 자신 또한 그러했다. 그녀에 대한 내 사랑은 단순하지 않았다. 미지의 것에 대한 호기심에 관능적 욕망이 덧붙여졌으며, 거의 가족 같은 정다움의 감정에 때로는 무관심이, 때로는 격렬한 질투가 덧붙여졌다.(III, 490)

우리의 자아가 유동과 변신을 거듭하는 한 우리를 둘러싸고 있는 존재들은 끊임없이 "형태와 크기와 입체감을 달리한다".(III, 362) '다양한 가능성'(III, 65)으로 열려 있는 그들을 객관적으로 정의하거나 고정시키는 일은 불가능하다(III, 495).[42] 그들이 우리 관념의 창조물인 이상, 그들은 "우리의

---

42 그리하여 우리의 인식은 '꿈의 비현실성irréalité du rêve'(II, 985)을 가질 뿐, 대상의 확고부동한 모습을 포착할 수 없으며, 인식된 현실은 꿈속의 사건처럼 순

애정이 투영되는 거대하고 막연한 공간"(III, 495)에 지나지 않으며, "우리가 결코 파고들 수 없고, 그에 관해서는 어떤 직접적 인식이 있을 수 없으며, 단지 수많은 믿음들만을 만들 수 있는 어둠"(II, 67)일 따름이다. 따라서 그들의 정체는 끊임없이 수정될 뿐, 결정적인 모습을 보여주지 않는다. 그들을 고정시키고 정의하기 위해서는 사랑과 기다림, 욕망과 두려움 등 일체의 감정을 제거해야 하는데, 그것은 불가능한 일이기 때문이다.

이처럼 변화무쌍한 존재들 앞에서 이 작품의 화자는 현기증을 느낀다. 존재들은 '빛의 현기증 나는 속도'와 '삶의 현기증 나는 흐름'(III, 64)으로 다가온다. 「도망간 여인」에서 화자의 표현을 빌리자면, 모든 존재들은 저마다 현기증 나는 '만화경kaléidoscope'이다.

우리는 사물이나 사람들의 생각에 대해 정확히 알고 있다고 믿는데, 그것은 우리가 그것들에 관해 심려를 기울이지 않았다는 단 하나의 이유에서이다. 그러나 마치 질투하는 사람처럼, 우리가 알려고 하는 욕망을 갖자마자, 그것들은 아무것도 분간할 수 없는 현기증 나는 만화경이 된다.(III, 519)

전히 '정신적인 성격'(III, 914)을 지니는 것이다.

우리는 대상을 둘러싸고 있는 '지엽적인 사실들détails réels' 이나 '거짓 사건들faits mensongers'(II, 734)로부터 헤어날 수 없으며, 설사 우리가 "한 사실을 알았다 하더라도 다른 사실들은 숨어버리며, 사실들의 껍데기만 알 수 있을 뿐이다"(III, 620). 그러므로 "사람들의 실제 행동을 이해하는 것은 별들의 세계를 이해하는 것보다 더 어렵다"(III, 190)는 탄식이 나오게 되는 것이다. 이는 특히 사람들에 대한 사랑이 우리 안에 남아 있을 때 그러하다. 그들은 우리의 이해를 차단하는 '전설fable' 속에 감싸여 있는 것이다. 「되찾은 시간」에서 화자는 이 같은 실상을 도외시하고, 외적 사실들에만 집착하는 사실주의적 인식을 '거칠고 그릇된 지각perception grossière et erronnée'이라고 못박는다.

모든 것이 정신 속에 있는 데 반해, 거칠고 그릇된 지각만이 모든 것을 대상 속에 둔다는 사실을 나는 이해하게 되었다.(III, 912)

화자는 "모든 것이 정신 속에 있다"는 주장의 구체적 증거로서 두 가지 예를 들고 있다. 첫째, 그가 '진실로en réalité' 할머니를 여의게 되는 것은 '실제로en fait' 할머니를 여의고 여러 달이 지난 다음이라는 것. 둘째, 가령 스완의 경우처럼, 한 사람은 그를 바라보는 사람들에 따라 다르게 나타나며, 동일한 사람에게도 시간에 따라 여러 모습으로 변화한다는 것. 그 예들은 주체의 대상 파악이 대상에 대한 자기 투영에 지나지 않음을 단적으로 드러낸다. 따라서 현실은 '미지의 것으로의 실마리amorce à un inconnu'가 될 뿐이며, "차라리 알지 못하는 것이 나으며, 되도록 적게 생각하는 편이 낫다"(III, 24)는 결론이 나온다.

결국 화자에게 유일한 타당한 인식은 모든 인식이 애초에 착오라는 것이다. 그 인식은 인식의 두 조건인 자아와 대상, 주체와 객체 모두가 진리 혹은 진실을 담보할 근거를 지니고 있지 않음을 내용으로 한다. 보다 구체적으로 말하자면 "내가 가장 사랑했던 여인들은 그녀들에 대한 나의 사랑과 결코 일치하지 않았다"(II, 1126)거나 "내가 마음속으로 느꼈던 아픔과 알베르틴의 추억의 관계는 나에게 필연적인 것으로 보이지 않았다"는 발견은 "현실을, 외부적 현실뿐만 아니라 내면적이고 순전히 주관적인 현실까지도 소멸하도록 만드는"(I, 846) 것이다.[43]

그런 의미에서 『잃어버린 시간을 찾아서』에서 화자의 여

---

43 보네가 지적했듯이, 인식의 과오를 피할 수 있는 길로서 프루스트가 제시하는 것은 바로 "주관적인 진리로 돌아가는 것", 즉 "주관성의 객관적 연구"이다.(H. Bonnet, *Le progrès spirituel dans* La Recherche *de Marcel Proust*, Nizet, 1979, p. 32) 혹은 지마의 표현을 빌리자면 "신화적 욕망은 자신의 주관성을 인정함으로써 최종적으로 구원을 발견하게 되는" 것이다.(P.-V. Zima, *Le désir du mythe*, Nizet, 1973, p. 88)

정은 모든 존재들이 둘러치고 있는 일련의 '방어선들lignes de défense'(III, 609)을 통과하는 지난한 과정으로 이해될 수 있다. 화자의 말에 따르자면, 겹겹이 둘러쳐진 그 방어선들을 뚫고 최종적인 인식에 도달하기 위해서는 눈먼 사람의 '더듬거림tâtonnement'이나 '시각 착오erreur d'optique'를 되풀이해야 하며, 그 과정에서 엄청난 '아픔'과 '슬픔'을 겪지 않을 수 없다.[44]

위생학과 예술의 소명

그러나 정신의 아픔과 슬픔을 다만 부정적인 것으로 이해해서는 안 될 것이다.[45] 그것들은 궁극적인 진실에 도달하게끔 '정신의 힘forces d'esprit'을 개발하는 적극적인 의미를 지닌다. 즉 그 아픔과 슬픔은 "번번이 습관, 회의주의, 경박함, 무관심 등 해로운 잡초들을 뽑아줌으로써, 번번이 우리를 진리 속으로 되돌려놓고, 우리로 하여금 사물을 진실되이 받아들이도록 하는"(III, 906) 것이다.

----

44 그러나 대체 한 존재에 대한 '정확한 이해'에 도달하는 것이 가능한 일일까. 애초에 존재의 핵심에 도달한다는 것은 그 일이 불가능하다는 인식에 도달하는 것을 의미하는 것이 아닐까. 비록 한 사람에 대한 인식이 "바로잡혔다 할지라도, 그가 움직이지 않는 대상이 아닌 한, 그 자신 또한 변화하는"(I, 874) 까닭에, '정확한 이해'는 끝없이 지연될 뿐이다.

45 여기서 아픔과 슬픔이란 보네가 "프루스트는 진리를 알고자 하는 드높은 욕망을 위해 자신의 환상을 희생시켰다"라고 할 때의, 그 희생의 아픔과 슬픔을 말하는 것이리라.(H. Bonnet, *op. cit.*, p. 139)

따라서 거듭되는 시각 착오와 더듬거림을 통해 드러나는 현실은 다만 고통스럽거나 비참한 것은 아니다. "가장 가혹한 현실이라 하더라도 고통과 동시에 멋진 발견의 기쁨을 주는데, 그것은 오래전부터 우리가 전혀 짐작도 못한 채 되새겨왔던 것에다, 그 현실이 새롭고 명확한 모습을 부여해줄"(II, 1115) 것이기 때문이다.[46]

이 작품의 화자가 도달하는 궁극적인 인식, 즉 모든 존재는 인식 주체의 자기 투영일 뿐이라는 관념론적 인식은 결코 회의주의적이거나 허무주의적인 것이 아니다. 그 인식은 현세에 대해서든, 내세에 대해서든 인간에게 자기 만족과 위안을 안겨주는 기존 관념 체계들의 허구성을 근본적으로 파헤쳤다는 점에서, 결코 따뜻하거나 낙관적인 것이 아님은 분명하다. 그러나 바로 그렇기 때문에 우리로 하여금 환상과 미망에서 벗어나, 있는 그대로의 삶을 직시하고, 죽음을 죽음 그대로 받아들이도록 해주는 긍정적인 인식이기도 하다.[47]

---

46 레몽에 의하면 『잃어버린 시간을 찾아서』의 화자의 실망은 '상상적인 것의 후퇴 recul de l'imaginaire'와 동시에, '지성의 획득conquêtes de l'intelligence'이라는 긍정적인 의미를 지닌다.(M. Raimond, *Proust romancier*, SEDES, 1984, p. 118) 또한 이 점에서 프루스트는 보들레르의 산문시 「끈La Corde」에서의 어조를 그대로 닮고 있다. "그리고 환상이 사라졌을 때, 다시 말해 우리 외부에 존재하는 있는 그대로의 인간과 사실을 보게 될 때, 우리는 절반은 사라진 환영에 대한 애석함과, 절반은 새로운 것 앞에서, 실제 사실 앞에서 느끼는 즐거운 놀라움이 뒤섞인, 야릇한 느낌을 체험한다."

47 요컨대 삶의 실상은 환상을 포기할 때만 드러난다. 그런 점에서, 프루스트에게는 '상대적 지혜sagesse relative'가 존재한다는 레몽의 지적은 타당하다고 볼 수

요컨대 프루스트의 관념론은 인간의 삶과 현실을 왜곡하는 여러 관념 체계들의 중독성을 제거하는 '위생학들hygiènes' 가운데 하나이다.[48] 그 위생학은 아무에게나 권할 만한 것이 못 된다. 왜냐하면 『잃어버린 시간을 찾아서』의 화자처럼 맹목적인 삶 한가운데서 끝까지 눈뜨려는 불굴의 노력이 뒷받침되지 않는 한, 그 위생학은 별 효능을 갖지 못할 것이기 때문이다.

그리고 요컨대, 멀리서 우리에게 아름답고 신비롭게 보였던 사물이나 사람들에게 한껏 가까이 다가가, 그들이 신비로움도 아름다움도 갖고 있지 않다는 사실을 알아차리는 것은 다른 방식들과 마찬가지로 삶의 문제를 해결하는 하나의 방식이다. 그것은 우리가 선택할 수 있는 위생학들 가운데 하나인데, 아마도 그리 권장할 만한 것은 못 될 것이다. 그러나 그 위생학은 우리에게 삶을 살아가고, 또한—— 우리가 최상의 것을 얻었다는 점과, 그 최상의 것이 그리 대단한 것이 아니라는 점을 납득시킴으로써, 아무것도 애석해할 것이 없도록 해주는 까닭에—— 죽음을 받아들이는 데 필요한 마음의 안정을 가져다준

있다.(M. Raimond, *op. cit.*, p. 119)

48 '위생학'이라는 비유적 표현은 보들레르가 그의 『발가벗은 내 마음*Mon cœur mis à nu*』에서 빌인, 정신의 노폐물들의 소거 작업을 연상시킨다. 또한 그 표현은 니체가 기존 관념 체계들의 독단성과 허구성을 타파하는 불교의 특성을 두고 사용한 것이기도 하다.

다.(I, 948)

또 하나, 여러 관념 체계들의 허구성을 파헤치는 프루스트의 관념론은 대상이 주체의 자기 투영인 한, 보다 적극적으로는 '실재réalité'는 단수가 아니라 복수일 것이라는 입장, 다시 말해 유일하고 절대 불변하는 실제는 있을 수 없으며 다양한 실재들은 제각기 진실성을 갖는다는 입장을 낳는다.[49] 그 실재들이란 "동시적으로 우리를 둘러싸고 있는 감각과 기억의 관계"(III, 889)이며, 주체와 대상, 내면과 외부, 과거와 현재의 접합이라 할 수 있다. "예전에 책에서 읽었던 어떤 이름이 그 음절들 속에, 우리가 그 이름을 읽었던 날의 빠른 바람과 빛나는 해를 간직하는 것"과 마찬가지로, "사물들은 우리에게 지각되자마자, 바로 그 순간 우리의 심려나 감각과 분리할 수 없을 정도로 뒤엉키는"(III, 885) 것이다. 요컨대 사물들은 우리의 내면 속으로 들어와 '비물질적immatériel'인 것이 된다.

우리의 내면에 형성된 외부 사물들의 비물질적 영상은 사물들을 파괴하는 죽음의 손길에서 벗어나 있다. "존재들을 변

49 "사람들은 흔히 상대주의와 회의주의를 혼동한다. 모든 것이 상대적이라는 말은 가치 있는 것은 아무것도 없다는 말과 같은 뜻으로 여겨진다. 그런데 프루스트에게는 바로 그 반대가 진실이다. 그에게 있어서 모든 것이 상대적이라는 사실은 모두가 가치 있으며, 어느 관점이나 근거를 가지고 있다는 사실을 의미한다."(E. Curtius, "Du relativisme proustien", *Les critiques de notre temps et Proust*, p. 37)

화시키는 시간도, 그 존재들에 대해 우리가 가지는 이미지를 바꿀 수는 없다."(III, 987) 비물질적 이미지 혹은 실재들은 이를테면 '순수 상태의 시간temps à l'état pur'(III, 872) 속에 놓여 있는 것이다. 그 순수 상태의 시간은 과거인 동시에 현재, 기억인 동시에 감각, 순간인 동시에 영원인 여러 실재들의 바탕이 된다. 『잃어버린 시간을 찾아서』의 화자가 이 작품의 후미에서 발견하는 작가로서의 '소명vocation'은 이처럼 "서로 다른 두 항목들을 자신의 문장 속에서 결합시키는"(III, 889)일이다. 그 두 항목의 결합을 완벽하게 실현하는 예술은 그에게 "존재하는 것 가운데 가장 실제적이며, 삶의 가장 엄격한 학교이며, 진정한 최후의 심판"(III, 880)이 되는 것이다.[50]

그리하여 우리는 삶과 세계를 설명하는 여러 관점들의 관념성을 폭로하고, 그로부터 삶과 세계를 청결히 소독하는 프루스트의 관념론이 다른 한편으로는 '진정한 실재'를 추구하는 모든 예술[51]의 토대가 됨을 볼 수 있다. 객관적 실재를 표

---

50 '진정한 최후의 심판le vrai Jugement dernier'이라는 표현에서 드러나듯이, 프루스트에게 예술은 기독교 신앙을 대체한다. 지마에 의하면 프루스트의 예술은 일종의 미학적 종교religion esthétique로서, 고통받는 자의 불행을 행복으로 바꾸어준다는 점에서 기독교와 동일하다.(P.-V. Zima, op. cit., p. 223)

51 여기서 우리는 "프루스트가 감각의 착오 가능성faillibilité을 강조하고, 즐겨 인간의 지각의 약점을 밝히는 것은 신 없는 인간의 비참함을 느끼게 하려는 것이 아니라, 예술가가 그것들을 전적으로 이용할 수 있음을 보여주려는 것이다"라는 멩의 말을 상기할 필요가 있다.(M. Mein, op. cit., pp. 107~08) 또한 보네는 작중 인물인 화가 엘스티르에게서처럼 프루스트에게도 시각 착오erreur d'optique가 매우 중요한 예술 원리임을 밝히고 있는데(H. Bonnet, op. cit., p. 32), 이는 「되

방하는 뭇 관념 체계들과 달리, 예술은 애초에 인간의 사유가 자신의 내면에서 한 발자국도 벗어날 수 없음을 인정하고, 보다 적극적으로는 인간 내면 위에 초시간적 순수 실재를 정초(定礎)하려는 노력이라 할 수 있다.

인식의 허망함과 허망함의 인식

프루스트의 관념론은 실체로서의 객관적 대상과 주관적 자아 모두를 부정한다. 객관적 대상이란 실상 주관적 자아의 '인위적 창조물création factice'로서, 마음 안의 '영상reflet'으로 떠올라 실재인 것으로 간주되는 데 불과하다. 모든 외부 대상들은 화자의 연인 알베르틴과 마찬가지로 '생각들의 다발 faisceau de pensées'로서 존재하며, 그러한 이상 주관적 자아의 감정, 믿음, 관념에 따라 무한히 변화한다.

주관적 자아 또한 고정불변하는 실체가 아니다. 그것은 '성층stratification'이라는 화자의 표현에서도 짐작할 수 있듯이, 여러 층위의 자아들이 포개져 이루어진 것이다. 자아의 수많은 층위들은 개인적 경험과 기억뿐만 아니라, 부모의 성격을 비롯한 초개인적 요소들로 구성된 것으로서, 심층과 표층은

찾은 시간」에서의 화자의 말과 일치한다. "한 작가의 작품이란 아마도 그 책이 없었다면 독자 스스로 보지 못했을 것을 분간할 수 있게 해주는 일종의 광학 기계instrument optique이다." 요컨대 문학을 비롯한 여러 예술들은 '감각의 환영'을 통해 '진정한 실재'를 추구하는 것이다.

끊임없는 '융기soulèvement'에 의해 위치를 바꾼다. 즉 행위는 기억으로 저장되고, 기억은 다시 행위로 현현하며, 이러한 자아의 실상은 '폭류(暴流)'와도 같은 것이다.[52]

그러나 그렇다고 해서 주관적 자아와 객관적 대상이 전혀 존재하지 않는 것이라 할 수는 없다. 그것들은 분명히 우리의 경험 세계 속에 나타나며, 그것들에 의해 우리의 일상적 삶이 엮어진다. 그것들은 존재하되, 다만 존재의 실체성이 없는 것이다. 즉 그것들은 '최초의 착오erreur initiale'인 우리의 인식 활동으로 일어나는 가현(假現)에 지나지 않는다.

『잃어버린 시간을 찾아서』의 화자의 인식론적 여정은 다만 가현에 지나지 않는 자아와 대상의 실체를 규명하기 위한 오랜 '더듬거림tâtonnement'과 '시각 착오erreur d'optique'의 과정이라 할 수 있다. 이 작품의 화자는 애초에 모든 존재가 실체성을 결여하고 있다는 사실을 눈치채지 못하고, 그것들을 객관적으로 정의하려 한다. 그가 "모든 것이 대상 속에 있다"는 거칠고 그릇된 지각에 매달리는 한, 그를 둘러싼 존재들은 '현기증 나는 만화경'이 된다.

그러나 그가 "모든 것이 정신 속에 있다"는 진실에 눈뜨

---

52 프루스트의 관념론은 대승 불교의 중요한 갈래인 유식(唯識) 사상과 정확히 일치한다. 양자의 비교를 통해, 그것들이 위치하는 시공의 차이에도 불구하고 인간 사고의 유형은 크게 변화하지 않음을 확인할 수 있다. 이에 관한 상세한 논의는 필자의 「프루스트의 관념론과 유식」, 『불어불문학회지』 제19집, 1993, pp. 19~35를 참조할 것.

게 되었을 때, 여태까지 실체라 여겼던 존재들이 다만 '환상 illusion'에 지나지 않음을 보게 된다. 그 깨달음에 의해 '외부적 현실'뿐만 아니라, '내면적이고 순전히 주관적인 현실'까지도 소멸하게 된다. 즉 주관적 자아와 객관적 대상 모두가 실체성이 결여된 본래의 모습으로 드러나는 것이다.

이처럼 모든 것이 관념의 작용이라는 발견은 기존 관념 체계들의 망상을 제거하고, 삶과 죽음을 있는 그대로 받아들이게 한다는 점에서 탁월한 '위생학hygiène'이라 할 만하다. 뿐만 아니라 "진정한 현실은 내면적이다"라는 인식에 의해 진실은 하나가 아니라 여럿일 수 있다는 가능성이 생겨나며, 그리하여 주체와 대상, 내면과 외부, 기억과 감각의 행복한 결합인 예술이 진실 추구의 특권적 역할을 맡게 되는 것이다.

요컨대 프루스트에게 있어 인식의 허망함을 아는 인식 외에 다른 진실한 인식은 없으며, 인식된 허망함은 진실의 유일한 내용이 된다.[53]

---

53 이 점에서 우리는 다시 '파사현정(破邪顯正)'이라는 불교 고유의 사유 방식을 연상하게 된다. 이 표현은 그릇된 것을 부수고, 바른 것을 드러내는 행위가 아니라, 그릇된 것을 부수는 행위 자체가 바른 것을 드러내는 행위라는 뜻을 지닌다. 비유컨대 구름이 걷히면 자연히 해가 빛나는 것이다.

『잃어버린 시간을 찾아서』에서의 사랑이라는 환상

프루스트의 사랑 탐구

『잃어버린 시간을 찾아서』는 통상적인 의미에서의 연애 소설은 아니다. 이 소설은 대부분의 연애 소설에서와 같이 하나의 사랑 이야기를 일관되게 전개하지 않는다. 그러나 이 소설에서 사랑에 대한 탐구는 작품의 실질적 내용이라 할 만큼 넓은 자리를 차지하고 있으며 인간과 세계, 시간과 공간, 현실과 초월 등 중요 주제들에 대한 인식의 바탕이 되고 있다.[54] 더불어 이 소설에서 사랑은 처음으로 심리학적 현상의 하나로 이해되며, 여러 다양한 형태의 사랑들이 그 시작에서 종말까지

---

[54] L. Guichard, *Introduction à la lecture de Proust*, Nizet, 1956, p. 101.

면밀히 분석된다. 작가는 사랑이라는 심리 현상을 해부하고 그 진실을 파헤치기 위해 다양한 종류의 변태적 사랑에 대한 연구도 서슴지 않았으며, 그 과정에서 사랑을 둘러싸고 있는 여러 환상들을 남김없이 타파했다.[55]

에드몽 잘루Edmond Jaloux에 따르면, 프루스트의 사랑 탐구의 독창성은 사랑으로부터 '절대성의 신화mythe de l'absolu'를 불식시켰다는 점, 달리 말하자면 사랑의 개념 속에 '상대성le relatif'을 도입했다는 점에 있다.[56] 프루스트는 남녀 사이의 사랑을 필연적으로 예정되어 있으며, 유일무이한 것으로 받아들이는 종래 기독교적이거나 낭만주의적 관점을 거부한다.[57] 그에 의하면 사랑은 우연하고 우발적인 것이며, 사랑하는 이의 의식적 선택의 결과라기보다는 그 자신도 알지 못하는 무의식적 힘의 산물이다.[58] 그러기에 사랑이라는 심리 현상은 세계를 조립하는 동시에, 세계가 투영되는 인간의 심층

---

55 H. Bonnet, *Le progrès spirituel dans* La Recherche *de Marcel Proust*, Nizet, 1979, pp. 138~39.

56 *Cahiers de Marcel Proust* I, pp. 140~50(*ibid.*, p. 139에서 재인용) 참조.

57 "두 사람이 영원히 서로에게 약속되어 있으며, 이 지상에서의 삶에 어떤 우발적인 변화가 있더라도 영구히 결합되어 있다는, 사랑에 대한 낭만주의적이거나 기독교적인 개념으로부터 [사랑에 대한 프루스트의 개념 이상으로] 동떨어진 것은 없다."(M. Raimond, *Proust romancier*, SEDES, 1984, p. 124)

58 "쇼펜하우어는 생명, 그리고 그와 더불어 고통을 영속시키기 위해 종족의 혼령이 개인에게 쳐놓은 함정이 사랑 속에 들어 있다고 생각했다. 대체적으로 보아, 그러한 생각은 또한 프루스트의 주장이기도 하다. 그에게 사랑은 하나의 미끼이다."(H. Bonnet, *op. cit.*, p. 137)

무의식을 탐사하기 위한 특권적 영역이 된다.[59]

여기서 우리는 사랑에 대한 프루스트의 탐구를 인간과 세계에 대한 그의 성찰과 결부시켜 논의하고자 한다. 프루스트에게 특히 사랑이라는 심리 현상은 그의 '관념론idéalisme'을 입증하는 중요 자료가 된다. 즉 인간의 세계 이해가 인식 주체의 관념 작용에 불과하다는 사실은 특히 남녀 사이의 사랑에서 두드러지게 나타나 보이는 것이다. 앙리 보네Henri Bonnet의 지적처럼 프루스트에게 사랑의 심리학은 '정의적(情誼的) 환상illusions affectives'에 대한 연구라는 보다 폭넓은 범주 속에 위치한다.[60] 다시 말해 사랑의 탐구는 환상의 발생과 지속, 그리고 소멸의 과정에 대한 탐구라 할 수 있다.

내면의 인형

『잃어버린 시간을 찾아서』의 화자에게 사랑은 그것이 가져다주는 고통에도 불구하고, 혹은 바로 그 고통 때문에 인간과 세계를 이해하는 탁월한 도구로 간주된다. 비록 사랑이 현실

---

59 이 점에서 프루스트는 프로이트와 만난다. "프로이트에게서와 마찬가지로 프루스트에게, 문화는 성(性)에 의미를 부여하고, 성에 의해 의미를 부여받는다. 그리고 이 두 사람 모두, 정신적이거나 예술적이거나 지성적인 서로 다른 영역들 속에 함께 뒤섞이고 싸우는 성적 욕구의 다양한 형태들에 대해, 설득력 있게 그리고 상세하게 서술한다."(M. Bowie, *Freud, Proust et Lacan*, traduit de l'anglais par J.-M. Rabaté, Denoël, 1988, p. 99)

60 H. Bonnet, *op. cit.*, p. 137.

적 행복의 가능성의 소멸로 귀착된다 할지라도, 그것은 적어도 지성에게만은 행복한 결과를 가져다준다.[61] 사랑의 고통을 통해 지성이 성취하는 깨달음이란 바로 사랑을 포함한 인간의 모든 사유와 행위가 주관적이라는 사실의 발견이다. 이 작품의 화자가 특히 '꿈'에 대해 관심을 기울이는 것은 꿈이 사랑의 주관성을 잘 이해시켜주기 때문이다.(III, 911) 이따금 꿈속에서 우리는 순식간에 한 여자에게, 그것도 깨어 있을 때라면 거들떠보지 않을 여자에게 반하게 되는데, 사실 이 같은 요령부득의 일은 깨어 있을 때에도 자주 일어난다. 꿈속에서의 일이 외부 현실과는 무관하게 꿈꾸는 사람 내부에서 이루어지는 것처럼, 사랑은 그 대상과 직접적 연관 없이, 사랑하는 사람 내면에서 발생하고 진행되며 소멸하는 것이다.

인간의 여러 행위들 가운데서 특히 사랑은 "현실이 우리에게 별것 아니라는"(III, 566) 사실을 드러내는 뚜렷한 예가 된다. 사랑은 "외부 세계는 존재하지 않으며, 우리는 우리 자신 속에서 삶을 전개시킨다"는 극단적인 주관론이 결코 과장이 아님을 명확하게 입증하는 것이다. 우리가 한 남성 혹은 여성을 사랑할 때 중요한 것은 그들이 가진 가치나 덕목이 아니라, 그들을 향한 우리 자신의 마음의 깊이이다.(I, 833) 우리의 사랑 속에서 실제 대상이 차지하는 부분은 '극소의 비율

---

61 *ibid.*, p. 124.

proportions miniscules'(III, 433)에 지나지 않으며, 나머지 부분은 대체로 우리 자신의 '투사projection'로 이루어진다. 이러한 사실은 사랑이 전개되는 방식의 논리적이고 필연적인 결과이며, 사랑의 주관적 성격을 극명하게 드러내는 알레고리가 된다.

그런데 사랑이라는 현상이 사랑하는 이 자신의 투사라는 사실은 바꾸어 말하면 사랑하는 이의 욕망이 대상의 특징과 성격을 자의적으로 구성하고 꾸며내는 것을 뜻하는 것이 아니겠는가. 프루스트는 이를 두고 "보충적 인물의 창조création d'une personne supplémentaire"(I, 468)라고 이름한다. 물론 그 보충적 인물은 '극소의 비율'을 차지하는 사랑의 실제 대상과는 별개이며, 또한 그 인물을 구성하는 여러 요소들은 바로 우리 자신에게서 나오는 것이다. 사랑의 대상이 되는 것은 사랑하는 이에 의해 창조된 가공의 인물일 뿐, 현실의 실제 인물이 아니다. 사랑에 있어서 우리 자신에게서 나온 요소들이, 외부에서 주어진 요소들보다 더 큰 비중을 차지한다고 화자가 말하는 것도 같은 맥락에서이다.

그러한 이상 사랑받는 사람은 사랑하는 사람의 '개념들idées' 혹은 '관념들notions'로서 존재한다. 우리는 사랑의 대상이 되는 사람들의 신체적 외양을 그 사람들에 대해 우리가 지녀온 생각들로 가득 채운다.(I, 19) 이 작품에서 화자의 연인 알베르틴은 화자의 '생각들의 다발faisceau de penseés'(III,

641)로 존재하며, 바로 그 때문에 그녀는 죽은 뒤에도 화자에게 여전히 살아 있다는 역설이 성립하는 것이다. 또한 "바닷가의 그 아가씨는 나에 의해 만들어졌다"(I, 875)라는 화자의 고백이나, 한 사람을 사랑할 때 "우리는 조각가이다"(III, 142)라는 화자의 은유는 사랑의 순전히 주관적인 성격에 대한 확인이다. 요컨대 사랑이란 "사랑하는 사람 속에 있을 뿐인 것을 다른 사람 속에 들여놓는 것"(III, 912)이다.

그 결과 "그녀와, 내 꿈의 대상이 되는 아가씨는 서로 다른 두 사람이었다"(I, 401)라거나 "내가 가장 사랑했던 여인들은 결코 그녀들에 대한 내 사랑과 일치하지 않았다"(II, 1126)는 화자의 회상이 뒤따르게 된다. 현실의 여인은 사랑을 일깨우고 서서히 그 절정으로 치닫게 하는 속성만을 가질 뿐, 마음속에서 그리던 모습과는 판연히 다른 존재이다. 우리의 마음속에만 존재하는 가공의 여인은 우리 자신의 '인위적 창조물création factice'이며, 실제 인물과는 무관한 '내면의 인형poupée intérieure'이다.(II, 370) 우리는 그 내면의 인형과 대화하고, 그 내면의 인형만을 소유할 수 있으며, 그러한 이상 사랑이라는 심리 현상은 '끔찍한 기만terrible tromperie'에 지나지 않는다.

호기심의 법칙

그렇다면 이제 그 내면의 인형이 어떤 방식으로 만들어지는

가를 살필 차례이다. 우선 지적해야 할 것은 가공의 인물 창조가 현실의 인간들 가운데서도 특히 접근과 소유가 불가능한 존재들을 대상으로 한다는 점이다. "우리는 접근 불가능한 무언가를 추구하기만을 사랑하며, 우리가 소유하지 못하는 것만을 사랑한다."(III, 384) 달리 말하자면 우리의 사랑을 불러일으키는 대상은 하나같이 우리 자신의 앎이나 삶과는 동떨어진 미지의 존재들이다.[62] 우리는 언제나 "우리에게 미지의 어떤 것을 표상하는 모든 삶에 이끌린다".(II, 567) 어느 한 인물이 '미지의 삶vie inconnue'에 속해 있다는 믿음이야말로, 그와의 사랑을 태어나게 하는 필수 불가결한 계기가 된다.[63]

그처럼 이 작품의 화자에게 미지의 것은 "사랑의 바탕을 이루는 것"(III, 432)이다. 사창가에서 만나는 여인들은 아무리 아름답다 하더라도 매혹을 주지 못한다. 창녀에게는 그녀와 더불어 우리가 소유하기를 열망하는 '미지의 삶'이 결여되어 있기 때문이다. 그녀의 아름다운 눈은 미지의 삶을 간직하고 있지 않기에, '단순한 보석'(III, 171)에 지나지 않는다. 그

---

62 "우리가 한 여인을 사랑하는 것은 그녀의 자질을 높이 평가해서가 아니라, 그녀에 대해 아는 것이 전혀 없기 때문이다."(M. Raimond, *Proust romancier*, SEDES, 1984, p. 131) 가령 이 소설에서 화자가 알베르틴을 처음 사랑했을 때, 그는 바닷가를 거니는 그녀의 얼굴 외에는 아무것도 알지 못한다.

63 가령 스완의 딸 질베르트가 알고 있을 성당들이나 '일 드 프랑스'의 언덕, 노르망디 평원의 매혹은 그녀에 대한 화자의 사랑이 태어나는 데 결정적인 역할을 한다.(I, 100)

에 반해 이 소설에서 자전거를 타고 스쳐 지나가는 한 젊은 처녀의 눈은 단순히 빛나는 둥근 운모(雲母) 같은 것이 아니다. 그 눈의 반짝임은 물질적 구성 요소에서 나오는 것이 아니라, 화자에게는 알려져 있지 않은, 그녀의 삶 전체에서 나오는 것이다. 그가 그녀의 "눈 속에 들어 있는 것을 소유하지 못하는 한, 그녀를 소유할 수는 없다".(I, 794)

그러한 사정은 우연한 기회에 화자가 알게 되는 우유 가게 아가씨의 경우에도 마찬가지다. 사창가에서 만나는 여인들과는 달리, 그녀가 '미지의 매혹charme de l'inconnu'(III, 141)을 던지는 것은 그녀에게 접근할 충분한 시간이 없었기 때문이다. 그녀의 아름다움은 순간적인 '사라짐fugacité'에 기인하며, 그 사라짐의 '빠르기rapidité'에 비례한다. 다시 말해 우리가 한 여인을 아름답다고 생각하는 것은 그녀를 관찰할 충분한 여유가 없기 때문이다. 그녀 곁에 머물 수 있는 가능성의 부재와, 그녀를 다시 만나지 못할 위험이 그녀에게 매력을 부여하는 것이다.[64] 이 같은 여인의 매력은 그녀가 마지막 순간에 숨어버림으로써 극대화된다.

또한 우리의 사랑을 불러일으키는 여인들은 한결같이 '까다로운 여인들femmes difficiles',[65] 다시 말해 "곧바로 소유할

---

64 그 매력은 병이나 가난 때문에 가볼 수 없는 장소나, 어쩌면 죽을지도 모르는 전투에서 삶이 띠게 되는 매력에 비교될 수 있다.(I, 712~13)

65 인간의 다른 행위에서와 마찬가지로, 사랑의 대상을 손에 넣는 데 따르는 '어려

수 없으며, 소유할 수 있을지 없을지 곧바로 알 수 없는"(II, 362) 여인들이다. 우리와 그녀들 사이의 거리는 넘을 수 없을 만큼 크며, 그리하여 그녀들의 삶은 미지의 것으로 둘러싸인다. 가령 이 작품에서 게르망트 공작 부인의 매력은 화자에게 거리를 두고서만 나타나며, 그가 그녀에게 가까이 다가가면 사라져버리고 만다.[66] 이 점에서 알베르틴의 경우도 크게 다르지 않다. 바닷가 제방을 유유히 거니는 알베르틴은 화자에게 '전율적인 욕망désir frémissant'을 불러일으키지만, 화자에 의해 아파트에 감금된 알베르틴은 '무거운 권태ennui lourd'만을 가져다줄 뿐이다.(III, 174) 화자의 말을 빌리자면, 알베르틴이라는 '새'는 그의 집에 갇히자마자 아름다운 깃털의 빛깔을 잃게 되는 것이다.

따라서 모든 사랑은 '양서적(兩棲的)amphibi'이며, 상반된 두 얼굴을 지닌다. "모든 애인들은, 그리고 어느 정도까지 모든 존재들은, 우리에게 야누스와 같아서, 그들이 떠나려 하면 우리를 기쁘게 하는 얼굴을 보이지만, 언제까지나 그들을 마

움difficulté'은 욕망을 증대시키는 반면, 그 '불가능impossibilité'은 욕망을 소멸시킨다.(II, 383)

66 그러기에 화자는 욕망의 대상 쪽에서 거부가 없을 때, 다시 말해 그 대상에 별 어려움 없이 접근할 수 있을 때, 대상의 신비를 보존하기 위해 '인위적 접근 불가능성inaccessibilité artificielle'을 만들어낸다. 그렇게 함으로써 "불행한 의식은 욕망의 실현을 불가능하게 하는 상황들을 찾아낸다".(P.-V. Zima, *Le désir du mythe*, Nizet, 1973, p. 136)

음대로 할 수 있다는 것을 알게 되면 뾰루퉁한 얼굴을 보인
다."(III, 181) 요컨대 사랑하는 여인들의 매혹은 '거리'에 의해
존재하며, 그 거리는 그녀들을 처음 만났을 때와, 마침내 손
아귀에 넣었을 때의 '차이écart'와 다른 것이 아니다.

　화자는 '사랑의 호기심의 법칙loi des curiosités amoureuses'
을 바로 그 '차이'에서 구한다.(III, 142) 사창가 여인들이 극소
의 차이를 나타내는 것은 그녀들이 덜 아름다워서가 아니라,
항시 우리의 요구에 응할 준비가 되어 있기 때문이다. 즉 그
녀들은 우리가 어렵게 얻고자 하는 것을 미리 내줘버리는 것
이다. 이에 반해 쉽게 손에 넣을 수 없는 까다로운 여인들은
그녀들을 알고, 접근하고, 정복할 때마다 모습과 크기와 윤곽
을 달리하게 된다. 이런 여인들은 우리에게 타인의 삶과 육체
에 대한 '상대성의 교훈leçon de relativisme'(II, 362)을 주는 것
이다.

상상력의 왜곡

그런데 우리의 호기심을 불러일으키는 '미지의 것'은 또한 현
실에서 사랑의 대상을 만나기 전부터 우리가 추구해온 꿈이
기도 하다.『잃어버린 시간을 찾아서』의 후반에서 화자는 여
러 차례 사랑의 '끔찍한 속임수'를 겪은 다음에야, "그녀들
하나하나에 앞서 신비의 감정sentiment du mystère이 있었다
는 것"(III, 988)을 짐작했어야만 할 것이라고 자책한다. 사

실 질베르트, 게르망트 공작 부인, 알베르틴에 대한 그의 사랑은 그녀들을 알기 전부터 그가 지녀온 '신비의 감정'이 그녀들 각자에게 덧씌워짐으로써 가능했던 것이다. 뿐만 아니라 그가 "우리가 사랑하는 사람들 속에는 늘 분간해낼 수는 없으나, 우리가 추구하는 어떤 꿈un certain rêve이 내재해 있다"(III, 839)라고 했던 것도 같은 맥락에서이다.[67]

우리의 사랑이 현실의 대상을 매개로 한 '꿈' 혹은 '신비'의 추구인 한, "한 사람에 대한 가장 절대적인 사랑조차 언제나 다른 것에 대한 사랑"(I, 833)일 따름이다. 화자의 사후적(事後的) 성찰에 의하면 알베르틴에 대한 그의 사랑은 실상 '산더미 같은 푸른 파도'에 대한 사랑이며, '젊음에 대한 애착'일 뿐이다. 우리가 한 젊은 처녀를 사랑한다고 생각하더라도, 실상 그녀의 "얼굴에 순간적으로 반사되는 새벽의 붉은빛을 사랑하는"(III, 644) 것에 지나지 않는다. 이처럼 사랑이 현실의 대상과는 다른 어떤 것을 지향하고, 암암리에 그 어떤 것을 현실 대상과 동일시하며, 그리하여 그 대상을 유일무이한 '개별적 존재l'individuel'[68]로 간주할 때, 우리의 사랑은 이미 '도착

---

67 또한 「게르망트 쪽으로」에서 화자는 그 신비의 감정을 '꿈에 대한 욕구besoin de rêve'라는 말로 달리 표현하고 있다. "꿈에 대한 욕구, 꿈속에 그려왔던 여인에 의해 행복해지고 싶어 하는 욕망만 있다면, 불과 며칠 전 극장 무대 위에 우연히 나타난, 알지도 못하는, 대수롭지 않은 여인에게 자신의 모든 행복의 기회를 내 맡기기까지 그리 많은 시간이 걸리지 않는다."(II, 175~76)

68 그 개성적 존재는 당연히 현실의 대상과는 무관한, 사랑하는 주체 자신의 창작

aberration'(III, 839)일 따름이다.

그런데 이처럼 한 대상을 유일무이한 존재로 파악함으로써 그 본질을 왜곡하는 것[69]은 다름 아닌 '상상력'의 작용이라 할 수 있다. 상상력은 대상이 되는 존재에게 '온기'를 불어넣고, 살아 움직이게 하며, '개성personnalité'을 부여한다.(I, 394) 그와 같은 상상력의 기능은 특히 사랑의 관계에서 두드러지게 나타난다. 상상력은 "우리로 하여금 한 여인에게서 개별성의 관념notion de l'individuel을 끌어내도록 하여, 그 여인을 유일하고 예정되어 있으며 필연적인 존재"(III, 507)로 생각하게끔 한다.[70]

그렇다면 상상력의 원천은 무엇인가. 화자의 말을 빌리자면, 상상력은 대상을 손에 넣을 수 있는 '가능성의 불확실함'(I, 796)에서 태어난다. 그 불확실한 가능성으로 인해 대상은 미지의 존재로 남게 되며, 미지의 빈 공간을 주체의 꿈으로 채우는 것이 바로 상상력이다. 상상력은 단편적이고 부분적인 윤곽선에 의해 형성되는 백색 공간에 스며들어, 실제

일 뿐이다. "우리가 갈망하는 사람에게 유일하게 있는 것처럼 보이는 것은 그에게 속하지 않는다."(III, 987~88)

69 그러나 사실 대상을 파악하는 과정에서 주체의 감정과 관념의 개입이 불가피하다면, 왜곡되지 않은 본질이 따로 존재하겠는가. 이 글의 뒤쪽에서 다시 논의하겠지만, '본질'은 왜곡의 또 다른 '꿈'으로서만 존재할 뿐이다.

70 우리는 상상력이 만든 이 가공의 인물에 맞춰 현실의 인물을 닮게 하려고 애쓰지만, 그것은 애초에 불가능한 일이며 우리의 고통을 더하게 할 뿐이다.(II, 370)

와는 다른 대상의 모습을 만들어낸다. 즉 상상력은 "단순한 시각이 제공하는 것과는 다른 측면을 구축한다construire".(I, 831) 이를테면 우리는 누군가의 웃음이나 눈길, 어깨를 보고 나서, 상상력을 통해 하나의 인물을 만들어내고fabriquer 구성하는composer 것이다.[71] (III, 531)

따라서 여인들의 매혹은 애초에 그녀들에게 내재하는 특성이라기보다는, 그녀들을 사랑하는 우리 자신의 상상력의 결과라 할 수 있다. 가령 밤의 어둠 속으로 순식간에 사라져 가는 여인의 아름다움은 "애석함에 의해 과도하게 자극된 우리의 상상력이, 조각난 모습으로 덧없이 사라지는 여인에게 덧붙이는 보충의 부분partie de complément"(I, 713)일 뿐이다. 사창가 여인들은 수많은 뉘앙스와 모호함으로 둘러싸인 그 아름다움을 가질 수 없으며, 그녀들이 주는 즐거움 또한 육체적 쾌락 이상의 것이 되지 못한다. 그것은 그녀들을 손에 넣을 수 있는 '가능성의 불확실함'이 존재하지 않으며, 따라서 우리의 상상력이 작동할 여지가 없기 때문이다.

---

71 보들레르와 마찬가지로 프루스트에게 현실은 꿈으로 향하는 관문일 따름이다. 보들레르는 이미 산문시 「창문들Les Fenêtres」에서, 촛불이 밝혀진 창문 뒤에 몸을 구부리고 있는 한 늙은 여인의 "얼굴, 옷, 몸짓 등 거의 아무것도 아닌 것을 가지고 그녀의 이야기, 혹은 차라리 그녀의 전설légende을 다시 만든다".

결핍과 욕망

여기서 우리는 대상을 손에 넣을 수 있는 '가능성의 불확실함'으로부터 상상력의 작용이 시작된다는 사실을 다시 음미해볼 필요가 있다. 완전한 가능성은 완전한 불가능성과 마찬가지로 상상력의 개입을 허용하지 않는다. 상상력은 완전한 가능성과 완전한 불가능성 사이에서, 달리 말하면 '극소의 비율'의 '존재présence'와 나머지 부분의 '부재absence' 사이에서 기능한다. 상상력의 활동에 의해 불가능성은 가능성의 영역으로 바뀌며, 상상력에 의해 가공된 부재는 실제 대상보다 더 절실한 모습으로 나타난다. 그 때문에 프루스트는 일찍이 『즐거움과 나날』에서 "사랑하는 사람에게 부재는 존재들 가운데서 가장 확실하고, 가장 파괴될 수 없고, 가장 충실한 존재가 아닐까"[72]라고 하였던 것이다.

같은 맥락에서 『잃어버린 시간을 찾아서』의 화자는, 사랑에 빠져 있는 사람은 "부재하는 존재를 그의 몽상의 대상으로 한다"(III, 523)라고 말한다. 우리가 한 사람을 사랑할 때, 사랑받는 사람의 존재 여부는 큰 문제가 되지 않는다. 우리의

---

[72] *Pastiches et Mélanges*, pp. 158~59(P. Newman-Gordon, *Dictionnaire des idées dans l'œuvre de Marcel Proust*, Mouton, 1968에서 재인용). 그렇다고 해서 부재가 전적으로 존재를 대치할 수는 없다. 부재가 존재의 빈자리로 성립하는 한, 부재에 의한 존재의 대치는 항시 존재에 의한 부재의 전복 가능성을 내포한다. 여기서 존재에 대한 부재의 우선권 주장은 지금까지 폄하되어온 부재의 권리 회복을 위한 것으로 이해할 수 있다.

사랑을 이루는 대부분의 생각들은 그가 곁에 없을 동안 만들어지며, 그 시간 동안 그는 오로지 '추억souvenir'으로만 존재한다.[73] 이처럼 사랑이 부재하는 존재를 대상으로 하는 한, 사랑하는 사람의 죽음은 우리에게 별다른 변화를 가져오지 않는다. 이 작품의 화자가 잠자는 알베르틴 곁에서 행복감을 되찾는 것도 같은 이유에서이다. 그녀가 잠든 동안 그는 깨어 있는 그녀 곁에서 박탈당했던 '꿈꾸는 능력pouvoir de rêver'을 회복하고 사랑의 가능성을 되찾는다.(III, 69) 더 이상 의식의 표면에 머물 필요가 없게 된 그는 상상력에 의해 그녀의 존재를 재구성하는 즐거움을 맛보는 것이다.

그런데 사랑이 대상의 부재를 통해 존재하고 성장한다는 것[74]은 곧 사랑의 원동력이 되는 상상력이 '결핍'이라는 조건 위에서 작용한다는 것을 의미한다. 단적으로 말해 상상력은 "소유할 수 없는 것에 대한 욕망"(I, 713)으로부터 태어나는 것이다. 보네의 지적처럼 상상력은 욕망과 짝을 이루어 나타

---

73 이 점에서 상상력은 다시 추억과 만난다. 사실 사랑하는 여인들이 갖는 매혹은 기억과 상상력에 의해 형성되며(I, 165), 마음속에 존재하는 '내면의 인형'도 그것들에 의해 만들어지는(III, 123) 것이다. 피콩의 말을 빌리자면 상상력은 지금 실재하는 것을 부재하는 과거로 돌림으로써 작용한다. 우리의 "정신은 자신만을 현재와 미래로 느껴야 하며, 모든 대상은 정신에게 과거이어야 하는 것"이다. 그 때문에 피콩은 기억과 마찬가지로 상상력을 '보호와 완충의 공간' '현실을 무력화시키는 그물' '삶을 박탈하는 화살'이라고 말한다.(G. Picon, *Lecture de Proust*, Mercure de France, 1963, p. 121)

74 M. Mein, *op. cit.*, p. 15.

나며 서로가 서로를 낳는 것이기에, 어느 것이 원인이고 결과인지 분간할 수 없다.[75] "아름다움은 행복의 약속이라고들 한다. 그와는 반대로, 어쩌면 쾌락의 가능성이 아름다움의 시작일 수 있다"라는 화자의 말도 같은 맥락에서 이해할 수 있다.

사실 '욕망'이라는 주제는 꿈, 시간, 기억 등과 '동질적인 주제thème consubstantiel'[76]로서, 이 작품의 주요 실마리 가운데 하나로 기능한다. 지마Zima의 해석을 빌리자면 삶의 시초에 욕망이 존재하며, 세계와 타인들은 욕망에 의해 빚어진 '환몽들chimères'이다.[77] 욕망의 대상이 되는 것들은 항시 은폐되고 신비에 싸인 것들이며, 선택된 자들의 소유물로서 뛰어난 가치와 미덕을 갖추고 있는 것처럼 비친다.[78] 그러기에 그것들은 '고통'과 더불어 '도취'를 가져다준다.[79](I, 794) 이 작품의 화자에게 욕망이 고통스러운 것은 화자 스스로 욕망의 실현이 불가능하다는 것을 미리 알고 있기 때문이다. 또한 욕망이 그를 도취시키는 것은 욕망의 대상이 '자아의 연장prolongement de soi-même' 혹은 '자아의 불어남multiplication

---

75 H. Bonnet, *op. cit.*, p. 107.

76 M. Mein, *op. cit.*, p. 8.

77 P.-V. Zima, *op. cit.*, p. 224.

78 지마의 표현에 따르자면, 프루스트에게 '진정한 천국'은 잃어버린 천국이듯이, '진정한 축제'는 자기가 제외된 축제이다.(P.-V. Zima, *op. cit.*, p. 95)

79 화자의 말에 따르자면 고통은 도취와 마찬가지로, 있는 그대로의 현실을 왜곡하는 기능으로 작용한다.(III, 518)

de soi-même'이라는 행복을 맛보게 해주기 때문이다.[80]

여기서 짚고 넘어가야 할 것은 '고통'과 아울러 '도취'를 가져다주는 욕망은 언제나 우리 자신에게 결여되어 있는 것을 대상으로 한다는 점이다. 결여된 그것은 항시 우리와 '상반적opposé'이면서 동시에 '보충적complémentaire'이며, "우리의 감각을 만족시키는" 동시에 "우리의 마음을 아프게 하는" 것이다.(I, 894) 그리하여 일생 동안 우리가 사랑하는 사람들은 서로 닮은 모습을 띠게 된다. 즉 그들 각자는 우리와 '상반적'이며 '보충적'이라는 공통점을 갖는 것이다. 그런 점에서 그들은 우리의 '기질의 산물produit du tempérament'이며, '감수성의 음화(陰畵)négatif de la sensibilité'라고 할 수 있다.(I, 894)

고통과 불안

단적으로 말해 사랑의 '도취'는 사랑의 '고통'과 다른 것이 아니다. 사랑이 욕망의 산물인 한, 사랑이 주는 어떤 기쁨도 욕망이 일으키는 재난으로부터 멀리 있는 것이 아니다.[81] 우리

---

80 여기서 프루스트는 다시 보들레르와 만난다. 보들레르는 「작은 노파들Les Petites Vieilles」에서 '불어남multiplication'의 기쁨을 고백한다: "불어난 내 마음은 그대들의 모든 악덕을 즐기고/내 영혼은 그대들의 모든 미덕으로 빛난다." 보들레르에게 영혼의 '성스러운 매음sainte prostitution'은 자아가 타자가 되고, 타자가 자아가 되는 지극한 행복, 즉 '자아의 불어남'을 뜻한다.

81 따라서 우리는 "고통받기를 멈추거나, 아니면 사랑하기를 멈추거나 하나를 선택해야 한다".(III, 106)

의 "욕망은 언제나 우리와 정반대되는 것을 지향함으로써, 우리를 고통스럽게 하는 것을 사랑하도록 만든다".(III, 610) 달리 말하자면 우리가 사랑에 빠질 때, 욕망은 사랑하는 사람의 매혹 속에 우리를 불행하게 만드는 '미지의 요소들éléments inconnus'을 들여놓는 것이다. 이처럼 욕망의 필연적인 귀결인 고통은 또한 사랑의 대상이 되는 존재에게 아름다움을 부여하고 상상력을 움직이는 근원이 되기도 한다. 화자의 말에 따르자면 고통은 예술과 마찬가지로 가장 하찮은 존재들에게조차 '매혹charme'을 띠게 한다.(III, 493) 비록 상상력이나 사유가 그 자체로서 '놀랄 만한 기계들machines admirables'이라 할지라도, 그 기계들에 시동을 거는 것은 다름 아닌 고통인 것이다.(III, 908)

사랑의 고통은 바로 의혹과 두려움, 근심과 불안이 일으키는 고통이다. 우리가 한 사람을 사랑할 때, 혹시 그를 잃게 되지 않을까 하는 두려움, 혹은 그를 다시 만날 수 있을까 하는 의혹은 그의 존재 속에 녹아 들어가, 그에게 아름다움 이상의 가치를 갖게 한다.(III, 93) 가령 「꽃핀 처녀들의 그늘 아래서」에서 화자가 데포르슈빌이라는 아가씨를 처음 만났을 때, 그녀를 다시는 못 만나지 않을까 하는 두려움 때문에, 전혀 알지도 못하는 상태에서 사랑을 품게 된다. 그처럼 우리의 사랑이란 사랑하는 사람들을 "손에 넣지 못하지 않을까 하는 두려움" "그들이 달아나지 않을까 하는 근심"(III, 93)일 뿐이다.

아름다운 뭇 여인들에게는 무관심하면서도 남에게는 추하
게 보이는 여인을 열정적으로 사랑하게 되는 것도 그러한 근
심과 두려움에서이다. 사랑에 빠진 자의 의혹과 불안은 '도
망가는 존재들êtres de fuite', 달리 말해 항시 달아날 가능성이
있는 대상들에게 이를테면 '날개'를 달아주는 격이다. 그러나
그들이 달아날 가능성이 없어지고 그들에 대한 불안과 두려
움이 사라질 때, 그들은 우리가 달아준 '날개'를 잃고 그들 자
신으로 되돌아간다. 즉 그들은 다시금 '거의 아무것도 아닌
presque rien' 존재가 되는 것이다.[82]

이처럼 사랑의 대상을 향한 불안과 두려움은 사랑 자체를
가능케 하는 동력이 되며, 바로 그 때문에 화자는 "어떤 나이
에서부터 우리의 사랑, 우리의 애인들은 우리의 불안의 딸들
이다"(III, 501)라고 말하는 것이다. 비록 그가 "처음 사랑은
욕망에 의해 형성되지만, 나중에는 고통스러운 근심anxiété
douloureuse에 의해서만 유지된다"(III, 106)라고 말했지만, 사
실 두려움과 불안은 사랑의 시초부터 그 전제 조건으로 나타
난다. 우리가 한 사람을 사랑의 대상으로 선택하는 것은 자신
의 기호(嗜好)와 오랫동안의 숙고에 의해서라기보다는, '우연

---

82 가령 남편에게서 빼앗아 온 유부녀나, 극단에서 빼내 온 여배우가 더 이상 달아
나려는 마음을 갖지 않을 때, 그리하여 그녀들에 대한 불안과 두려움이 사라질
때, 그녀들은 그녀들 자신, 즉 '거의 아무것도 아닌' 존재가 된다. 그 결과 그녀들
은, 그녀들로부터 버림받지 않을까 두려워하던 바로 그 사람에게서 버림받게 되
는 것이다.(III, 93~94)

한 한순간의 불안hasard d'une minute d'angoisse'의 결과이다. 이를테면 "사랑에는 불안이 예정되어 있고 〔……〕 사랑이 우리 삶 속에 나타나기 이전부터, 불안이 우리 안에 들어와, 막연하게 자유로이 〔……〕 떠돌며 사랑을 기다리는"(I, 30) 것이다.

요컨대 사랑은 불안에서 시작되며, 사랑의 지속 또한 불안에 의해 가능하다. 달리 말하자면 불안의 고통이 끝나는 순간, 사랑 또한 끝나는 것이다. 앞서 화자가 "우리는 완전히 소유할 수 없는 것만을 사랑할 수 있다"라고 말한 것도 같은 맥락에서이다. '전부에 대한 요구exigeance d'un tout'인 사랑은 "정복해야 할 부분이 남아 있는 한에서만, 태어날 수 있고 존속할 수 있다".(III, 106) 사랑을 유지시켜주는, 그 정복되지 않고 충족되지 않은 부분은 바로 불안과 근심이 머무르는 자리이다. 따라서 위의 화자의 말을 "우리는 우리를 불안하게 만드는 것만을 사랑할 수 있다"는 말로 바꾸어놓을 수도 있을 것이다.

실패한 사진

이처럼 사랑이 고통과 불안에 의해 시작되고 지속되는 한, 모든 사랑은 "사랑을 만들어낸 변동révolution의 흔적을 지니게" 되며(III, 75), 사랑의 실제 대상은 그 흔적 밑에 사라져버린다. 「간힌 여인」에서 화자가 말하는 것처럼 사랑은 "하나의 감동으로부터 시작하여 영혼을 뒤흔들어놓는 소용돌이들의 퍼져 나감"이다. 달리 말하자면 사랑은 우리가 사랑하는 사람의 모습과, 우리 자신의 '심장의 고동'[83]이 결합된 것이다.(III, 66) 이는 상상력이 풍부한 젊은이들에게만 적용되는 것이 아니라, 사랑에 빠진 모든 사람들에게 공통되는 것이다.

따라서 사랑을 만들어내는 여러 방식들, 사랑이라는 '성스러운 고통'을 일으키는 여러 요인들 가운데서, 가장 효과적인 것은 우리 자신의 격렬한 '흥분의 숨결souffle d'agitation'(I, 230)이다. 바로 그 흥분의 숨결이 일어나는 순간, 소위 운명적인 사랑이 결정되는 것이다. 또한 그 점은 사랑이 시작될 때만 찾아볼 수 있는 것이 아니다. 「소돔과 고모라」에서 화자의 지적처럼, 사랑하는 여인들이 우리 자신의 '은밀한 힘들 forces occultes'에 의해 완성되지 않는다면, 그녀들은 '거의 아무것도 아닌' 존재일 뿐이다. 그 힘들이 얼마나 강하게 작용하는가는 일단 그녀들과 헤어지고 나면 그녀들이 무슨 옷을 입었는지, 대체 한 번이라도 그녀들을 제대로 보았는지 기억하지 못한다는 사실에서 드러난다.

그 결과 우리의 사랑은 일관성과 통일성을 갖춘, 불가분의 '연속적 정념passion continuel'이 아니라, 서로 다른 사랑들과 질투들의 연속적 흐름으로 구성되는 것이다.(I, 372) 가

---

83 화자의 말을 빌리자면, '심장의 고동'은 약속 장소에서의 바람맞음이나 오랫동안의 헛된 기다림에서 오는 것이다.

령 오데트에 대한 스완의 사랑은 단일한 감정이 아니라, 수많은 욕망들과 의혹들의 태어남과 죽어감으로 이루어지는 것이다. 또한 그로 인해 사랑의 대상이 되는 사람들도 객관적으로 실재하는 단일한 존재가 아니라, 우리 마음의 층위에 자리 잡은 '거대한 구조물immense construction'이 된다. 달리 말하자면 그들은 우리 자신의 '감각들의 성층(成層)stratification de sensations'으로 존재하는 것이다.(III, 438)

이처럼 우리가 사랑하는 사람들은 우리 자신과 분리할 수 없는 존재들이며, 우리의 애정이 외재화되는 '거대하고 막연한 공간lieu immense et vague'(III, 495)일 따름이다. 그들의 모습은 우리의 욕망과 두려움에 따라 끊임없이 변화하며, 그러기에 결코 객관적으로 정의될 수 없다. 비유적으로 말하자면, 우리의 연인들은 부단히 움직이는 모델이기에, 그들에 대한 파악이나 묘사는 언제나 '실패한 사진photographie manquée'(I, 489)이 되게 마련이다. 그것은 우리가 그들을 애정의 '움직이는 체계système animé'(II, 140)를 통해서만 바라볼 수 있기 때문이다. 우리의 애정은 그들의 본래 모습을 제 소용돌이 속에 집어삼키며, 이전부터 우리가 그들에 대해 가지고 있던 생각에 일치시킨다.

따라서 우리가 사랑하는 사람들의 진면목을 알기 위해서는 그들을 고정시켜야 하며, 또한 "그들을 고정시키기 위해서는 더 이상 그들을 사랑하지 말아야 한다".(III, 64) 그렇지 않고서는 그들은 현기증 나는 속도로 움직이는 소용돌이 속의 '연속 광선'일 따름이다. 즉 그들의 존재는 삶의 현기증 나는 흐름 속에 부침하는 수없이 다양한 가능성으로 남게 되는 것이다.(III, 65) 그러나 문제는 비록 우리가 그들에게 흥미를 잃고, 그리하여 그들을 고정시키고, 그들에게 명확한 성격을 부여하는 날이 올지라도, 그들에 대해 우리의 지성은 '가짜 판단faux jugement'밖에 내릴 수 없다는 데 있다. 지성의 가짜 판단은, 나날이 변해감으로써 우리를 놀라게 하는 그들의 얼굴 이상으로, 그들에 대해 가르쳐주는 것이 없다.(III, 66) 즉 그들에 대한 우리의 마지막 판단 또한 그들이 변화하는 모습 가운데 하나일 뿐 그 이상일 수 없는 것이다.

환상의 쇠퇴

그처럼 우리의 사랑과 사랑의 대상이 되는 존재 사이에는 어떤 필연성도 없다. 앞서 밝힌 바와 같이 우리의 사랑이 한 인물에게 고착되는 것은 단지 그가 쉽게 손에 넣을 수 없는 미지의 존재이기 때문이며, 우리의 사랑 속에서 그가 차지하는 자리는 지극히 미미할 뿐이다. 달리 말하자면 사랑은 사랑의 대상보다 먼저 존재하고, 유동적인 상태로 머무른다.(I, 858) 우리의 사랑이 특정한 인물에게 고착된다 하더라도, 그것은 그가 남다른 자질을 갖추어서가 아니라, 우리가 가지는 즐겁거나 고통스러운 '꿈의 연합들associations de rêveries'이 우연

히 그에게 결부되기 때문이다.(I, 642) 그러나 어느 순간 우리
가 그 꿈의 연합들에서 빠져나오게 되면, 우리의 사랑은 또
다른 인물을 대상으로 하여 다시 태어난다.[84] 이처럼 사랑은
한 사람에게 '미리 예정된prédestiné' 것이 아니라, 언제든지
다른 사람에게 옮아갈 수 있는 것이다.

그러므로 사랑은 '믿음의 변화variation d'une croyance'에 지
나지 않으며, 어떤 고정된 실체도 갖지 않는다. 즉 사랑이라
는 환상은 본질적으로 '무(無)néant'일 따름이다.(I, 858) 그것
은 사랑이 근본적으로 현실과는 동떨어진 상상 혹은 꿈에 의
해 이루어진 신기루에 불과하기 때문이다. 그 단적인 예가 여
배우 라셀에 대한, 화자의 친구 생 루의 사랑이다.(II, 159) 생
루는 사창가에서 20프랑이면 살 수 있는 여인을 위해, 자신이
누리는 귀족의 지위와 가족들의 애정까지 희생하려 한다. 그
녀가 그에게 '신비로운 존재être mystérieux'로 생각되는 것은
그녀를 소유하기 어려우며, 그러기에 끊임없는 '꿈의 목표but
de rêveries'가 되기 때문이다. 이 작품의 화자가 "내가 대단하
게 생각하는 것은 바로 인간의 상상력의 힘과, 사랑의 고통의
근거가 되는 환상이다"(II, 160)라고 말하는 것도 같은 맥락에
서이다.

---

84 "그 이전에, 아직 '사랑'이 그 사람에게 결부되어 있을 때, 우리는 행복이 그 사람
에게 달려 있다고 믿는다. 우리의 행복은 단지 우리의 근심의 종말terminaison
de notre anxiété에 달려 있을 뿐이다."(III, 433)

모든 사랑이 환상에 불과하다면, 또한 모든 사랑은 '실망 déception' 혹은 '환멸désillusion'에 직면해 있는 것이다.[85] 사랑이라는 환상의 소멸은 그 환상의 실마리가 되는 실제 대상과의 맞대면에서 이루어진다.[86] 화자의 말을 빌리자면, 그가 현실 앞에서 늘 실망하게 되는 것은 "아름다움을 즐길 수 있는 유일한 기관organe인 상상력이, 부재하는 것만을 상상할 수 있다는 불가피한 법칙에 따라, 현실에서는 적용될 수 없기"(III, 872) 때문이다. 우리가 사랑의 실제 대상 앞에서 '매혹'과 '아름다움'을 발견할 수 없는 것은 그것들이 부재하는 대상만을 상대로 하는 상상력의 산물이기 때문이다.

그러나 실제 대상 앞에서 사랑이 한갓 상상력의 조작에서 태어난 환상이라는 사실을 거듭 확인한다 하더라도, 우리는 여전히 사랑의 '끔찍한 속임수'로부터 헤어날 수 없다. 우리는 언제나 "우리에게 미지의 것을 드러내 보이는 모든 삶에 이끌리며, 파괴해야 할 마지막 환상dernière illusion à détruire에 이끌린다".(II, 567) 가령 화자는 게르망트 공작 부인의 저

---

85 지마에 의하면 "꿈과 구체적 대상 사이의 차이는 이 소설의 중요한 주제이다".(P.-V. Zima, op. cit., p. 82) 그의 말에 따르자면 프루스트에게는 두 개의 현실이 공존하는데, 그 가운데 하나는 욕망과 신화의 현실이며 다른 하나는 실망의 현실, 즉 실현과 행동의 현실이다.

86 다시 지마의 지적에 따르자면, 참으로 역설적이게도 환멸은 욕망의 실현에 앞서 시작된다. 즉 본질적으로 무제한을 추구하는 욕망이 무언가에 대한 욕망으로 제한될 때 이미 환멸은 시작되는 것이다.(Zima, op. cit., p. 83)

택에서 겪은 수많은 실망에도 불구하고, 샤를뤼스 남작의 말에 다시금 공작 부인의 여사촌에게 관심을 보인다. 그는 자신이 만난 "여인들 곁에서 맛본 실망감에도 불구하고 [……] 여전히 새로운 여인들의 매력에 몸을 맡기고, 그녀들의 실재성 réalité[87]을 믿어 의심치 않는다".(III, 171)

이 점에서 '사랑의 호기심curiosité amoureuse'은 '장소의 이름들noms de pays'이 부추기는 호기심과 다름없다.[88] 화자는 발베크, 베니스, 플로랑스 등 도시들의 이름만으로 환상을 품고 그 도시들을 방문하지만 번번이 환멸을 맛본다. 그러나 여전히 그는 새로운 도시 이름이 그에게 던지는 매혹에서 벗어나지 못한다. 그와 마찬가지로 사랑의 호기심은 "언제나 실망을 당하지만, 언제나 만족되지 않은 채 다시 태어나고, 머물러 있다".(III, 143) 사랑하는 여인과의 첫 만남은 이미 그녀에 대한 '환상의 쇠퇴évanouissement d'une illusion'를 의미한다. 화자의 아름다운 비유를 빌리자면 "우리가 그 이름을 가진 실제 인물에 다가가면, 요정은 죽어버린다".(II, 11) 왜냐하면 실제의 그 인물에게는 이름이 일으키는 환상, 즉 '요정'과 같

---

87 물론 이때 그녀들의 '실재성'이란 그녀들의 객관적인 존재가 아니라, 화자의 마음속에서 변용된 그녀들의 존재를 두고 하는 말이다.

88 화자의 말에 의하면 사람이나 장소의 "이름들은 변덕스러운 화가들dessinateurs fantaisistes이다".(I, 389) 우리의 욕망을 자극하는 이름들은 상상력이 갈망하는 것을 간직하고 있기에, 실제 대상과는 판이한 모습을 보여준다. 그 때문에 우리는 실제 대상 앞에 설 때마다 심한 당혹감을 느끼는 것이다.

은 신비로운 요소가 전혀 없기 때문이다. 그러나 다시금 "우리가 그 인물에게서 멀어지면, 요정은 다시 태어난다".

삶의 위생학

이처럼 삶이 다하는 동안 우리는 사랑의 환상으로부터 해방될 수 없다. 즉 우리의 삶 자체가 사랑의 환상으로 이루어지는 것이다. 그러므로 사랑을 비롯한 모든 "정신적 욕망을 충족시키는 데서 행복을 추구하는 것은, 앞으로 걸어나가 지평선에 닿으려는 시도만큼이나 천진난만한"(III, 450) 것이다. 다가갈수록 멀어지는 지평선과 마찬가지로, '욕망'이 진전될수록 '소유'는 점점 더 어려워진다. 따라서 행복은, 혹은 행복이 불가능하다면 적어도 '고통의 부재absence de souffrance'는, 욕망의 충족에서가 아니라 욕망의 '점차적인 축소réduction progressive'와 '최종적인 소멸extinction finale'에서 구해야 할 것이다.

그렇다면 다시 욕망의 축소와 소멸은 어디에서 구해야 할 것인가. 이 질문의 해답을 우리는 다음 화자의 말에서 미루어 짐작할 수 있다. "내가 마음속에서 느끼는 고통과 알베르틴에 대한 추억 사이의 관계는 나에게 필연적인 것으로 보이지 않았다. 어쩌면 나는 그 고통을 다른 여인의 모습과 연관시킬 수도 있었을 것이다. 그러한 사실은 한순간의 번개처럼 나로 하여금 현실을 소멸시키도록 만들었는데, 그 현실은 질베르트에 대한 나의 사랑에서처럼 외적인 현실일 뿐만 아니라 〔……〕, 내적이며 순전히 주관적인 현실이기도 했다."(I, 846)

사랑이라는 환상의 위력이 점차적으로 축소되고 최종적으로 소멸하는 것은 본질적으로 사랑이 상상력의 산물이며, 사랑의 주체와 객체 모두가 '자성(自性)propre nature'이 결여된 허구라는 인식에 의해서이다.[89] 이와 같은 깨달음을 화자는 '위생학hygiène'이라고 이름하는데, 단적으로 말해 그 위생학은 "멀리서 아름답고 신비롭게 보이는 사물이나 사람들에게 한껏 가까이 다가가, 그들이 신비도 아름다움도 가지고 있지 않다는 사실을 깨닫는 것"(I, 948)이다. 그 깨달음에 의해 우리는 삶의 평온을 되찾으며, 죽음을 체념하고 받아들일 수 있게 된다. 비록 그 깨달음은 우리를 고통스럽게 할지라도, 새롭고 명확한 삶의 모습을 다시 발견하는 기쁨을 주기도 한다.(II, 1115) 달리 말하자면 그 깨달음에 의해 우리는 환상으로부터 벗어나, '있는 그대로의 삶vie telle qu'elle est'을 맞아들이는 즐거움을 맛보게 되는 것이다.[90]

---

89 그런 의미에서 모든 '실망'은 부정적이지만은 않다. 레몽의 다음 말은 그 점에서 시사하는 바 크다. "게르망트 가문의 사람들과 그들의 친구들 앞에서 화자가 느끼는 실망 속에는 상상력의 후퇴와 지성의 획득이라는 이중의 움직임이 있다. 지성은 꿈을 부수어버리지만, 현실에서 사물들 속에 뿌리내리고 있는 시적인 것의 부스러기들을 발견해낼 줄 안다."(M. Raimond, *op. cit.*, p. 118)

90 프루스트의 문학적 작업은 마침내 환상을 포기함으로써 진리에 도달하는 과정, 궁극적으로는 모든 것이 환상이라는 진리에 도달하는 과정을 그리고 있다고 할 수 있다. "프루스트에게는 상대적인 지혜가 있는데, 그것은 환상을 포기하지 않

그런데 애초에 '있는 그대로의 삶'이라는 것이 존재하는 것일까. 비록 '있는 그대로의 삶'이 존재한다 하더라도, 대체 우리가 그 삶을 만나거나 인식할 수 있을까. 사실 우리의 감각과 지성은 현실의 삶을 결코 있는 그대로 포착할 수 없다. 화자의 말대로 "우리의 감각 세계라는 건물을 떠받치고 있는 것은 언제나 보이지 않는 믿음"(III, 445)이며, "감각의 증언 또한 신념이 증거를 만드는, 정신의 조작opération de l'esprit"(III, 190)일 뿐이다. 그러므로 "눈에 보이는 세계는 진짜 세계가 아니다".(I, 548) 요컨대 우리의 감각은 상상력 이상으로 정확한 대상 파악 능력을 지닌 것이 아니다. 그 점에서 지성 또한 크게 나을 것이 없다. 비록 지성이 포착하는 진리들이 적지 않은 의미를 지닌다 할지라도, "그 진리들은 건조하고 평면적인 윤곽을 가질 뿐, 깊이profondeur를 지니고 있지 않다".(I, 898)

화자에게 가치 있는 유일한 진리는 '깊이'를 가진 진리이다. 그 진리는 감각이나 지성으로 발견될 수 있을 만큼 표면에 드러나 있는 것이 아니라, 그것을 추구하는 자에 의해 '다시 만들어져야recréé' 하는 것이다. 그렇다면 다시 만든다는 것은 정확히 무엇을 의미하는 것일까. 이 물음에 답하기 위해 다음 화자의 말은 여러 번 되짚어볼 만하다. "요컨대 그토

고서는 어떤 진정한 것도 만날 수 없다는 사실이다."(*ibid.*, p. 119)

록 복잡한 이 예술이야말로 살아 있는 유일한 예술이다. 이 예술만이 우리 자신의 삶, 관찰될 수 없는 삶, 관찰되는 외관이 번역되고traduit, 빈번히 거꾸로 읽히고, 힘들게 해독되는 déchiffré 삶을, 다른 사람을 위해 표현하고 우리 자신에게 보여준다."[91] (III, 896)

그런데 해독하고 번역하는 일은 당연히 감각이나 지성의 기능이 아니라 상상력이 맡아 하는 것이다. 세계의 표면은 육체의 눈으로 관찰될 수 있지만, 심층의 세계는 마음의 눈인 상상력으로 바라볼 수밖에 없다. 그렇다면 상상력이 만든 환상으로부터 벗어난, '있는 그대로의 삶'은 상상력 이외의 다른 어떤 기능에 의해 인식될 수 있을까. 그것이 상상력에 의해 인지된다면 다시금 환상으로부터 자유로울 수 없고, 상상력에 의해 인지되지 않는다면 '깊이'가 결여된 평면적 진실에 그치는 것이 아니겠는가. 이에 대한 화자의 분명한 언급은 어디에도 없다. 혹시 언급이 있다 하더라도, 그 또한 '깊이'가 결여된 지성의 평면적 진술에 그치는 것이 아니겠는가.

환상과 깨달음 사이

지금까지 우리는 『잃어버린 시간을 찾아서』에 산재하는 사랑의 담론들을 그 발생과 전개로부터 결과에 이르는 과정으로

---

91 단적으로 말해 다시 만든다는 것은 '번역'하고 '해독'하는 것이다. 그리하여 마침내 발견되고 밝혀진 삶, 그 유일하고 진정한 삶이 바로 '문학'이다.(III, 895)

재편집하면서 작가의 입장을 드러내 보이려 했다. 단적으로 말해 사랑은 '끔찍한 속임수'에 지나지 않으며, 사랑의 대상은 욕망과 상상력에 의해 조립된 '내면의 인형'일 뿐이다. 그럼에도 불구하고 인간은 삶이 다할 때까지 사랑이라는 신기루를 좇으며 근거 없는 고통을 자초하는 것이다. 그러므로 사랑이 환상이라는 사실을 명확히 깨닫고 '있는 그대로의 현실'을 받아들이는 것이야말로 삶의 평온을 되찾고 애석함 없이 죽음을 받아들일 수 있는 유일한 길이다. 이는 꿈속에서 그것이 꿈인 줄 모르고 집착하며 괴로워하다가, 꿈을 깨고 나서야 미망에서 풀려나는 것과 다르지 않다.

그러나 문제는 그리 단순하지 않다. 프루스트에게 진정한 현실은 항시 '내면적'이며, 애초부터 인식 주체에 연루되지 않은 객관적인 현실이란 존재하지 않는다. 비록 우리가 꿈에서 깨어나 꿈이라는 것을 깨달았다 할지라도, 그 깨달음이 환상이 아니라는 보장은 어디에도 없다. 깨달음의 주체는 이미 욕망과 상상력에 감염되어 있으며, 깨달음의 대상 또한 주체의 욕망과 상상력의 오염으로부터 멀리 있지 않기 때문이다. 그렇다면 환상이 환상임을 깨닫고, 있는 그대로의 현실을 받아들인다는 것은 어불성설에 지나지 않을 것이다.

이처럼 『잃어버린 시간을 찾아서』에서 나타나 보이는, 화자의 입장의 내부 균열은 무엇을 의미하는 것일까. 그것이 다만 죽음에 쫓기며 서둘러 작품을 마감한 작가의 초조함을 반영하는 것일까. 혹은 작가 자신도 의식하지 못한, 미처 정리되지 않은 생각들의 투영일까. 그러나 이 점에서 우리의 생각은 방향을 달리한다. 근본적으로 문학이 언어에 의한 언어 내부의 유희인 한, 언어가 갖는 표리(表裏) 혹은 이중 구조로부터 벗어날 수 없다. 언어 자체가 '겹'으로 이루어지는 한, 비록 그 언어를 홑면으로 알고 사용하더라도 언술자의 의도는 사용된 언어에 의해 즉시 배반당한다. 즉 어느 한순간도 언술자는 자신이 사용하는 언어의 모순으로부터 자유로울 수 없는 것이다.

사랑이 환상이라는 사실을 깨닫는 순간, 그 깨달음은 환상이 아니면서 동시에 환상이다. 프루스트 문학의 진정성은 현실과 상상, 환상과 깨달음이 얽혀 있는 삶의 배면을 끝까지 응시하되, 어떤 속단이나 편가름에 치우치지 않는다는 점에 있다.[92]

---

92 이 점에서 우리는 다시 보들레르를 연상하게 된다. 보들레르의 탁월성은 그가 객관적 현실에 대한 배타적 집착이나, 상상적 아름다움에 대한 무분별한 추구를 공히 거부하면서도, 동시에 각각의 입장에 대해 긍정적 의미를 부여한 데 있다. 그에게 있어서 문학이 설 자리는 현실과 신비 어느 한쪽이 아니라, 두 세계 사이의 긴장된 공간이다.

제 2 부

『좁은 문』에서의 알리사의 거울놀이

알리사의 모호성

『좁은 문』이 발표된 1909년부터 오늘에 이르기까지 이 작품
은 가장 모순된 해석의 대상이 되어왔다.[1] 이 작품을 교화적
인 목적을 지닌 것으로 바라보는 일군의 비평가들은 작가의
의도가 여주인공 알리사의 숭고한 희생과 비장한 절대 추구
를 찬양하는 것이었다고 본다. 그들에 의하면 진정한 성녀인
알리사는 미묘한 뉘앙스로 그려진 기독교적 인물이며, 현세

1 보다 자세한 논의는 다음 책들을 참조할 것. P. Trahard, *La Porte étroite d'André Gide*, coll. Mellottée, La Pensée moderne, 1968, pp. 93~106; J. Mallion et H. Baudin, *La Porte étroite d'André Gide*, édition commentée et annotée, Bordas, 1972, pp. 133~36; Cl.-A., Chevallier, *La Porte étroite, André Gide*: des repères pour situer l'auteur, ses écrits, l'œuvre étudiée, Nathan, 1993, pp. 82~88.

에서 하나님과 합일을 이루려는 신비가이다.[2] 그에 반해 이 작품의 의미에 대해 부정적인 시각을 지닌 비평가들에게, 알리사는 명석한 비판 정신의 결여와 기독교에 대한 그릇된 이해 때문에 자신의 삶을 파멸로 몰아가는 시대착오적 인물이다. 덕행에 대한 잘못된 인식과 과도한 신비 추구로 인해 고독과 절망 속에서 죽어가는 그녀는 신기루 같은 천상의 행복을 위해 단순 소박한 지상의 행복을 저버리는 광신자이다.[3]

이러한 엇갈린 해석에 대해 작가 자신의 태도 또한 모호하다. 한편으로 지드는 『좁은 문』을 도덕적이고 교화적인 작품으로 해석하는 비평가들에게, 이 작품이 앞서 나온 『배덕자』와 마찬가지로 비판적이고 경고적인 것임을 분명히 한다. 즉 『배덕자』가 도덕과 종교의 굴레로부터 해방된 과도한 개인주의의 위험을 경계하는 것이라면, 『좁은 문』은 과도한 자기 희생을 통해 성스러운 지복(至福)을 추구하는, 오만이 깃든 개신교 신비주의의 한 형태를 고발한다는 것이다. 그러나 다른 한편 지드는 자신이 지극히 사랑하는 마음으로 알리사라는 인물을 그렸으며, 그녀의 행동에 대해 완전 중립 상태에 머물

---

2 그러나 대체로 이 작품을 긍정적인 시각에서 바라보면서도, 알리사의 신앙이 엄격한 청교도주의나 장세니즘에 가까운 과도한 영웅주의로 치닫는 까닭에, 결코 그녀가 모범적 인물로 제시된 것은 아니라고 보는 비평가들도 있다.
3 극단적으로 부정적인 견해를 갖는 비평가들은 이 작품을 정신병리학적 사례 연구로 간주하고, 광신적 신비주의자 알리사는 히스테리 환자의 딸로서, 독자들의 동정을 자아내는 신경증 환자에 지나지 않는다고 생각한다.

러 있었다고 토로한다. 그의 말에 따르자면, 이 작품을 살아 있게 하는 것은 순수한 종교적 감동이며, 자신이 이 작품을 쓴 것은 알리사의 도덕적 위대성을 찬탄하도록 하기 위해서라는 것이다.[4]

따라서 알리사는 '진정한 성녀'인가, 아니면 '광적 신비가'인가라는 물음은 이 작품의 근원적인 화두이면서, 해결될 수 없는 숙제라 할 수 있다.[5] 사실 이와 같은 질문에 대한 양자택일적 논의는 여하한 생산적 결과 없이 현재까지 이어져왔고, 앞으로도 이어질 것이다. 어떤 종류의 단정적 논의도 작품의 깊이와 인물의 성격에 대한 심층적인 이해에 기여하지 못하며, 오히려 질문의 풍요로움을 가로막는 것이다. 『좁은 문』의 탁월성은 이 작품이 여하한 이분법적 논의도 넘어서 있으며,

---

4 이러한 작가의 모순적 태도에 대해 리비에르J. Rivière를 비롯한 일군의 비평가들은 매우 그럴듯한 설명 방식을 취한다.(Cl.-A., Chevallier, *op. cit.*, p. 86 참조) 그들에 의하면 이 소설은 작가의 손을 벗어나 작가의 의도와는 다른 방향으로 진행되었으며, 작가는 인물들을 통제하는 것이 아니라 오히려 인물들에게 정복당했다는 것이다. 그리하여 본래 작가가 알리사를 통해 고발하려 했던 과도한 도덕성이 오히려 비할 바 없는 아름다움으로 나타나게 되었던 것이다. 사실 『좁은 문』이 갖는 가장 큰 흥미는 역설적이게도 이와 같은 '빗나감'에서 오는 것이라 할 수 있다. 이 빗나감으로 인해 독자들은 '광기'와 '숭고함'이라는 알리사의 모순적인 측면을 동시에 파악할 수 있으며, 그녀의 행동에 대해 동의할지, 비난할지를 스스로 선택해야 하는 것이다.

5 『좁은 문』의 매혹은 독자들이 이 작품에 대해 곰곰이 따져보고, 자신의 개인적인 견해를 갖도록 유도한다는 데 있다. 그런 의미에서 항시 독자들을 불안하고 불편하게 만드는 이 소설은 "독자에게 아무런 영향을 미치지 않는 책은 실패한 책"이라고 공언한 지드의 미학이 그대로 반영된 작품이라 할 수 있다.

바로 그 때문에 끝없이 이분법적 논의를 낳는다는 점에 있다. 즉 이분법적 논의를 벗어나 있는 것만이 계속해서 이분법적 논의를 가능케 한다는 역설을 이 작품은 보여주고 있는 것이다.

그러므로 『좁은 문』에 대한 보다 생산적인 논의의 핵심은 알리사가 진정한 성녀인가, 광적 신비가인가를 따지기 전에, 어떤 근거에서 그녀가 성녀와 광인이라는 극단적인 두 양태로 인식되는가를 밝히는 일일 것이다. 즉 삶과 세상에 대한 어떤 유별난 태도가 그녀로 하여금 성스러움 혹은 광기라는 비정상적인 경계로 나아가게 했는지를 살펴보는 일일 것이다. 그것은 곧 그녀가 자신과 타인, 외부 현실과 신비의 세계를 바라보는 방식은 어떤 것이며, 그 방식으로 인해 그녀의 삶이 어떻게 형성되고 파괴되는가를 밝혀보는 것이다.

그렇다면 논의의 출발점을 어디에서 발견할 것인가. 여기서 성스러움 혹은 광기의 경계로의 일탈을 가능케 하는 알리사의 자기 인식과 대상 인식, 세상과 신에 대한 그녀 고유의 이해의 틀을 특징적으로 드러내기 위해 우리가 선택한 방식은, 이 작품에서 그녀와 결부된 여러 '주제들thèmes'의 프리즘을 통해, 그녀의 대화와 편지, 그리고 그녀의 일기를 다시 읽는 것이다. 그것은 곧 그 특징적 주제들이 무의식적 차원에서 그녀의 심리적 삶을 어떻게 구조화했는가를 살피는 일이 될 것이다. 사실 '회화적 무상성(無償性)'이나 '사실주의적 풍부함'으로부터 벗어나, 거의 고전주의적 소박함과 간결함으로 이루어져 있는 이 소설에서,[6] 여러 주제들은 오히려 그 때문에 암시성과 상징성을 띤다. 강렬한 시적 의미와 기능적 역할을 갖는 그 주제들은 인물들의 내면 심리와 사건의 전개를 예고하고 표상하는 것이다.[7]

거울의 역할과 의미

이 작품에서 여주인공 알리사의 자기 인식과 대상 인식, 세상과 신에 대한 이해 방식을 특징짓는 주제들 가운데, 우리의 논의를 위해 선택된 대상은 '거울'[8]이다. 알리사의 거울이 구

---

6 『좁은 문』에서 묘사의 단순성에 대해서는 J. Mallion et H. Baudin, *op. cit.*, pp. 136~39를 참조할 것. 또한 Z. Lévy, "Le Soleil déclinant……: Description statique et description dynamique dans *La Porte étroite*", *Bulletin des Amis d'André Gide* 8, 45(Jan., 1980), pp. 53~73에서는, 이 작품에서 묘사는 비교적 작은 자리를 차지하지만, 사실주의 소설에서만큼 중요성을 가진다는 사실을 지적하며, 이를 인물의 내면적·정신적 상황을 표현하는 정적 묘사와 특별한 시점의 상태를 상징하는 동적 묘사로 구분하고 있다.

7 그 주제들 가운데 대표적인 것들을 예거하자면 다음과 같다: 옷, 색채, 거울, 유리창, 새, 나무, 정원, 길, 문, 불, 물, 안개, 태양, 신체, 목걸이. 이 주제들은 사건의 전개에 따라 다채롭게 착색·굴절되며, 인물들의 내면 세계를 구체화함으로써 심리분석 소설의 전통을 따르고 있는 이 소설에 밀도와 육체성을 부여한다. 이와 더불어 이 작품에서 몇몇 에피소드들, 가령 '알리사의 꿈'(제2장)이나 '담장 위에서의 걷기'(제5장) 등은 이 소설 곳곳에 마련된 투시도라 할 만큼 작품 구조와 밀접하게 연관되어 있다.

8 이 작품에서 '거울'과 더불어 '시선'의 문제는 큰 의미를 갖는다. E. Eisenger, "The Hidden Eye: Clandestine Observation in Gide's *La Porte étroite*", *Kentucky Romance Quarterly* 24, 2(1977), pp. 221~29에서는 이 소설을 시각적 왜곡과 지각 착오의 기록으로 보며, 알리사와 제롬을 절시증(竊視症) 환자이면서 동시에 노출

체적으로 등장하는 것은 단 한 번 제2장 후반부에서이다. 이후 작품의 표면에서 사라지는 거울은 그러나 알리사의 지각과 인식이 향하는 곳 어디서나 암묵적으로 존재한다.

그녀에게 아무 말도 못하고 떠나게 되지 않을까 걱정이 되어, 나는 저녁식사 조금 전에 그녀의 방으로 찾아갔다. 그녀는 산호 목걸이를 목에 거는 중이었다. 그녀는 목걸이를 잡아매려고, 두 팔을 들고 몸을 숙인 채 문 쪽으로 등을 돌리고서, 불켜진 두 개의 촛대 사이의 거울을 자기 어깨 너머로 들여다보고 있었다. 그녀가 처음 나를 본 것은 거울 속에서였다. 그녀는 뒤를 돌아보지도 않고, 얼마 동안 거울 속의 나를 줄곧 바라보았다.

"아니! 방문이 닫혀 있지 않았어?" 하고 그녀가 말했다.

"노크를 했는데, 대답이 없었지. 알리사, 나 내일 떠난다는 것 알고 있지?"

그녀는 아무 대답도 않고, 끝내 고리를 채우지 못한 목걸이를 벽난로 위에 내려놓았다.(59)[9]

이 장면의 풍부한 상징적 함의를 밝히기 위해서는 보다 상

중 환자로 간주한다.

9 괄호 안의 숫자는 필자가 옮긴 『좁은 문』(문학과지성사, 2013)의 면수임을 밝혀 둔다.

114

세한 예비 과정이 필요하다.

(1) 이 대목에서 알리사가 거울을 보며 자신의 목에 걸려고 하는 산호 목걸이는 마지막에 그녀의 시신과 함께 땅에 묻히는 자수정 목걸이의 예고이며 전신(前身)이라 할 수 있다. 그녀가 목걸이의 고리를 마저 채우지 못하고 벽난로 위에 내려놓는 것은 이 소설의 후반에서 제롬과의 관계가 파국으로 끝나게 되리라는 암시로 읽힐 수 있다. 또한 이 장면에서 그녀가 취하는 '등을 돌린' 자세는 이미 제1장에서 제롬이 그녀의 방으로 찾아갔을 때 그녀가 취했던 자세로서,[10] 현실과 정면으로 마주 서지 않고, 물러나 비껴 서는 그녀의 고유한 태도를 암시한다. 뿐만 아니라 그녀가 거울 속 제롬의 모습을 줄곧 바라보면서도 돌아보지 않는 것은 제3장의 이른바 '에덴의 정원'에서 그녀가 제롬에게 취하는 태도[11]와 마찬가지로 삶에 대한 소극적이고 수동적인 자세를 뜻한다. 이 대목에서 알리사는 제롬의 노크 소리를 듣지 못하고, 그가 불시에 찾아온 것을 의아해하지만, 이는 외부 현실에 관심을 갖기보다는 내면에 침잠하며 거울 속 영상을 좇는 그녀의 전형적인 삶의

10 "방 안이 이미 어두워졌으므로, 알리사의 모습은 금세 눈에 띄지 않았다. 그녀는 저무는 햇살이 쏟아져 들어오는 창에 등을 돌리고 침대 머리에 꿇어앉아 있었다. 내가 다가가자 그녀는 돌아보기는 했지만, 일어나려 하지 않았다."(25)

11 "그러나 내가 꽤 가까이 다가가 지레 겁먹은 듯 걸음을 늦추자, 그녀는 처음엔 내 쪽으로 얼굴을 돌리지 않고, 뾰로통한 아이처럼 고개를 숙인 채 꽃을 가득 쥔 손을 거의 등 뒤로 나를 향해 내밀면서, 오라는 시늉을 해 보였다."(69)

방식을 드러낸다고 볼 수 있다.

(2) 이 작품에서 거울은 위의 장면을 포함해 두 번 나타나는데, 다른 한 번은 제1장에서 알리사의 어머니 뤼실 뷔콜랭이 사용하는 손거울이다. 뤼실 뷔콜랭은 허리띠 사이에서 꺼낸 거울로 자신의 얼굴을 비추어 보며 화장을 고친다.

가끔 그녀는 갖가지 장식품과 함께 시계줄에 매달려 있는, 매끄러운 은제(銀製) 뚜껑이 붙은 조그만 손거울을 허리띠 사이에서 끄집어냈다. 그녀는 거울에 얼굴을 비추어 보면서, 손가락 하나를 입술에 대고 침을 조금 묻혀 눈가를 적시는 것이었다.(16~17)

이 소설에서 알리사가 그녀의 어머니를 닮았다는 사실은 여러 번 강조된다. 다만 "그녀의 눈길이 무척이나 다른 표정을 띠고 있기에, 훨씬 나중에야 어머니와 딸이 닮았다는 것을 알아차릴 수 있"(21)을 뿐이다. 두 모녀는 외모뿐만 아니라, 진실을 은폐하고 가장한다는 점에서도 닮아 있다. 주기적으로 히스테리 발작의 '연극'을 벌임으로써 집안을 혼란에 빠뜨리는 어머니와 마찬가지로, 알리사는 제롬과 쥘리에트의 대화가 자신을 대상으로 한다는 것을 모른 척하면서 "장난에 응하거나"(50), 자신이 읽은 작품의 평가 속에 자기 생각을 숨기면서 "장난으로 그러는 것이 아닌가"(79) 하는 의구심을 불러일으킨다. 또한 그녀는 상냥함과 친절을 가장하면서, 제롬의 "불행을 모르는 척 교묘히 시치미를 뗄"(152) 만큼 연극에 능하다. 그런 점에서 두 모녀가 공통적으로 거울을 사용한다는 사실은 예사롭지 않다. 두 모녀는 사물의 실제 모습 대신 거울 속 영상을 좇으며, 현실과 상식의 테두리를 벗어나 각기 '관능'과 '신비'의 세계로 일탈해가는 것이다.[12]

(3) 이 장면에서 알리사는 거울이라는 매개를 통해 제롬을 바라본다. 이는 자신과 타인, 외부 세계와 신의 존재를 상상적 거울을 통해 바라보는 알리사의 삶의 방식을 상징적으로 드러내 보인다. 상징학적으로 거울은 이중성과 양면성을 지니는 것으로, 대상의 모습을 재생하는 동시에 흡수하며, 반영하는 동시에 왜곡한다.[13] 거울에 비친 영상은 실제 사물과 명목상으로는 일치하나, 실제 사물의 전도된 양상에 불과하다. 아무리 완벽한 표면을 지닌 거울일지라도, 거울에 반영된 사물은 환상과 허위의 속성을 갖게 마련이다.[14]

---

12 또한 알리사의 방과 그녀의 어머니 방에 똑같이 두 개의 불 켜진 촛대가 나타나는 것은 '관능'과 '신비'라는 표면적 대립에 가려 있는 두 인물의 성격적 친화성을 드러내는 것이라 볼 수 있다. "커튼이 가려져 있었지만, 두 개의 큰 촛대에 꽂힌 촛불이 아름다운 밝은 빛을 발하는 방 한가운데, 외숙모가 긴 의자에 누워 있는 것이 보였다."(24)

13 "태곳적부터 거울은 양가적 의미를 지니는 것으로 생각되어왔다. 그것은 영상을 재현하면서, 한편으로는 영상을 내포하고 흡수하는 표면이다."(J. E. Cirlot, *A dictionary of symbols*, London, Philosophical Library, 1962, p. 201)

14 "외모나 실제의 것을 반영한다고 해서 그것들의 본성이 달라지는 것은 아니지만, 반사된 영상은 근본에 비해 환상적이고 허위적인 양상을 포함한다. 차

이와 더불어, 고대로부터 거울이 인간의 의식과 상상력의 상징으로 일컬어져왔다는 사실은 주목할 만하다. 거울은 인간이 자신을 관조할 수 있는 도구가 되는 까닭에, 인간의 사고와 밀접한 관계가 있는 것으로 여겨져왔다. 또한 그 때문에 거울이라는 상징은 사물을 비추는 수면이나 나르시스 신화와 밀접한 관련을 맺는다. 상징학적으로 이야기하자면 우주라는 거대한 나르시스는 인간 의식이라는 거울을 통해 자신의 모습을 비추어 보는 것이다.[15] 이처럼 인간의 사고와 상상력이 상징적인 거울이 된다는 점에서, 『좁은 문』의 전반부에 위치하는 다음 두 문단은 의미심장하다.

아! 다만 우리가 사랑하는 영혼 위에 몸을 기울이고, 마치 거울을 들여다보듯이, 그 속에서 우리 자신이 어떤 모습으로

이성 속에 동일성이 존재하는 것이다. 〔……〕 게다가 거울은 실제의 것에 대해 전도된 영상을 보여준다. 현상은 근본의 전도된 반영이다."(J. Chevalier et A. Gheerbrant, *Dictionnaire des symboles*, Robert Laffont, 1982, p. 222)

15 "거울은 가시적인 세계의 형상적 실재를 반사하는 능력을 가지므로, 상상력이나 의식의 상징으로 이야기되어왔다. 또한 거울은, 사고라는 것이 세계의 반영일 뿐 아니라 자기 관조의 도구라는 점에서, 사고와 관련지어져왔다. 이로 인해 거울-상징은 반영자로서의 물과 연결되며, 나르시스 신화와 연결된다. 즉 우주는 인간의 의식 속에서 자신의 반사된 영상을 지켜보는 거대한 나르시스로 나타나는 것이다."(J. E. Cirlot, *op. cit.*, p. 201) 이 점에서 플랑티에 이모를 옹호하며 뷔콜랭 외삼촌이 던지는 경구는 의미심장하다. "얘들아, 아무리 부서진 것이라 할지라도, 거기서 하나님은 당신의 모습을 알아보실 거야."(48) 즉 하나님-나르시스는 인간-거울을 통해 자신의 모습을 비춰 보는 것이다.

비치는지 볼 수 있다면! 우리가 우리 자신의 마음속과 마찬가지로, 아니 그 이상으로 다른 사람의 마음속을 읽을 수만 있다면! 그 애정은 얼마나 평온할 것인가! 그 사랑은 얼마나 순수할 것인가!(54~55)

"야단스럽기도 하지! 삶의 물결이 그분의 영혼에 그다지도 휴식을 줄 수 없는 것일까? 사랑의 아름다운 자태여, 그대 모습은 이제 어떻게 되었는가?……" 우리가 이렇게 말한 것은 쉬타인 부인 얘기를 하면서 '이 영혼 속에 비친 세상을 본다면 아름다우리라'라고 한 괴테의 말이 생각났기 때문이다. 그리고 우리는 곧 어떤 위계질서 같은 것을 설정하고서, 관조의 능력을 가장 높은 자리에 놓았다.(47~48)

앞 문단에서 제롬은 지금 눈앞에 보이지는 않으나 자신의 말을 엿들을 것으로 짐작되는 알리사를 염두에 두고 쥘리에트에게 이야기한다. 그는 '알리사의 영혼'이라는 거울에 비친 자신의 모습을 보고 싶어 하며, 그 거울 속 깊이 숨겨져 있을 그녀의 내면을 읽을 수 있기를 희망한다.[16] 또한 괴테의 경구

---

16 이 장면에서 제롬이 알리사를 상대로 직접 이야기하지 않고, 자신과 쥘리에트의 대화를 알리사에게 엿듣게 한다는 점에서, 제롬이 이야기하는 방식은 그의 이야기 내용과 닮아 있다. 즉 제롬은 자신이 실제가 아닌 영상을 추구한다는 사실을 간접적인 거울 효과에 기대어 말하고 있는 것이다.

를 이용해 플랑티에 이모의 성격을 반어적으로 비꼬는 뒤 문
단에서도, 타인의 존재는 맑고 투명한 수면으로 나타난다. 즉
사랑하는 여인의 영혼은 세상 사물을 아름답게 비추는 거울
이 되는 것이다.[17]

　　여기서 우리가 짐작할 수 있는 것은 인간은 타인이라는 거
울을 통해 사신과 세상의 모습을 바라볼 수 있다는 사실이다.
괴테가 쉬타인 부인의 영혼에 비친 세상의 모습을 보고 싶어
하듯이, 제롬은 알리사-거울에 비친 자신의 모습을 발견하고
싶어 하고, 알리사 또한 제롬-거울을 통해 자신과 세상은 물
론 신의 존재까지도 발견하고자 하는 것이다.

알리사의 거울놀이

이제 우리는 자기 자신과 외부 현실, 그리고 신의 존재까지도
제롬-거울이라는 매개를 통해 바라보려 하는 알리사-나르시
스[18]의 비현실적 삶의 방식을 그 갈등과 해소의 전 과정을 통

17　어원적으로 '사색speculation'이나 '고찰considération' 등의 어휘들은 하늘의 별
　　들을 거울에 비추어 관찰한다는 뜻을 지닌다. 그런 점에서 두번째 문단에서 사
　　랑하는 여인의 영혼이 거울에 비유되는 것과 더불어, 위의 어휘들과 의미적 연
　　관이 있는 '관조contemplation'의 능력이 인간이 가진 가장 고귀한 능력으로 꼽
　　히는 것은 이와 무관한 일이 아닐 것이다.(J. Chevalier et A. Gheerbrant, *op. cit.*, p.
　　220)

18　이 표현에 덧붙여 지적해야 할 것은 이 작품에서 기독교적 완덕(完德)을 추구하
　　는 여주인공 알리사는 어느 인물보다 이기적이라는 점이다. 그녀는 자신이 이기
　　적이라는 사실을 스스로 인정할 만큼 이기적이다. "그렇다! 그 애가 자기 행복
　　을 내 희생 위에서가 아니라 다른 곳에서 찾았다는 것 ― 그 애가 내 희생 없이

120

해 살펴보려 한다. 우리의 논의는 알리사-나르시스의 (1) 제롬-거울로부터의 이탈, (2) 제롬-거울 속으로의 함몰, (3) 제롬-거울의 제거 등 세 단계로 나누어진다.

(1) **제롬-거울로부터의 이탈**: 우선 알리사-나르시스가 제롬-거울을 통해 들여다보게 되는 것은 그녀 자신이다. 제롬이 알리사-거울에 비친 자신의 모습을 보고 싶어 하듯이, 알리사 또한 제롬-거울을 통해 자신의 모습을 비춰 보고 자신의 존재를 확인한다. 확인할 뿐만 아니라, 그녀는 자신이 제롬-거울을 통해서만 존재할 수 있음을 잘 알고 있다.

때때로 그가 이야기하는 것을 듣고 있으면, 생각에 몰두해 있는 나 자신을 내가 보고 있다는 느낌이 든다. 그는 나에게 나 자신을 해명해주고, 드러내 보여준다. 그가 없이 내가 존재할 수 있을까? 나는 오직 그와 함께 존재할 뿐이다.(185~86)

도 행복해질 수 있었다는 것에 대해, 내 마음속에서 되살아난 끔찍한 이기주의가 분개하고 있다는 것을 나 스스로 잘 알아차릴 수 있다."(183) 물론 그녀의 이기주의는 현세적 이득이 아니라 '영혼의 만족'과 '무의식적 자부심'(187)을 추구하는 까닭에, 오히려 '자아중심주의égotisme'에 가깝다고 할 것이다. 이 작품에서 알리사의 이기주의 혹은 자아중심주의는 그녀의 거울놀이의 효과와 맞물려 있으며, 이 점에 대해서는 별도의 논의가 필요할 것이다. 한편 알리사를 비롯한 지드 작품의 주인공들의 이기주의에 대해서는 E. Cancalon, *Techniques et personnages dans les récits d'André Gide*, Lettres Modernes, 1970, pp. 5~13을 참조할 것.

제롬-거울이 없다면 알리사-나르시스는 자신이 누구인지 알 수 없다. 즉 알리사-나르시스는 제롬-거울과 동시에 태어나며 동시에 존재하는 것이다. 뿐만 아니라 알리사-나르시스는 제롬-거울을 통해 자신의 잠재적 신성(神性)을 확인하고, 인간의 한계를 넘어 신에게로 나아갈 수 있는 가능성을 얻는다. 그녀가 "오! 제롬, 나는 너와 함께 있을 때에만 진실로 나 자신일 수 있고, 나 이상일 수 있어"(123)라고 외치는 것도 그러한 맥락에서이다.

문제는 제롬이 알리사의 거울로 기능하기 위해서는, 알리사가 그녀 자신을 투사하고 제롬이 그녀의 모습을 반영할 수 있는 최소한의 거리가 필요하다는 점이다. 제롬-거울이 너무 가깝게 다가와 그 최소한의 거리가 확보되지 못할 때, 알리사-나르시스는 스스로 그 거울로부터 물러서지 않을 수 없다.

만날 날이 가까워올수록, 내 기대는 점점 더 불안한 마음으로 변해가고 있어. 거의 두려움에 가깝다고나 할까. 네가 돌아오기를 그토록 바랐는데 이제는 두려워지는 것만 같구나. 더이상 그런 생각을 하지 않으려고 애쓰고 있어. 네가 누르는 벨소리나 계단을 올라오는 네 발소리를 상상하면, 내 심장은 고동을 멈추고 가슴이 꽉 죄어와…… 무엇보다도, 내가 무슨 말

을 하리라고 기대하지는 말아줘…… 내 지난날이 거기서 끝나
버리는 것 같은 느낌이야. 그리고 그 너머에는 아무것도 보이
지 않고, 내 인생은 거기서 멎어버리는 거야……(129)

제롬이 돌아올 날이 임박함에 따라 알리사가 불안하고 초
조해지는 것은 바로 주체-나르시스와 대상-거울 사이의 거
리가 소실되기 때문이다. 특히 위 인용문의 마지막 구절은 양
자 사이 거리의 소실과 더불어 이루어지는 거울 상(像)의 상
실과 주체의 소멸을 인상적으로 표현하고 있다. 이 소설 곳곳
에서 거울놀이를 위한 최소 거리의 확보는 역설적인 표현으
로 강조되고 있다. 스스로 자수정 십자가 목걸이를 목에 겲으
로써 제롬을 떠나게 만든 알리사가 도리어 제롬의 충실한 약
속 이행을 원망하다가, 돌연 그에게 고마움을 표하거나,

그래! 제롬, 아침 내내 난 나도 모르게 너를 찾았어. 난 네가
떠났다고 믿을 수가 없었어. 네가 우리의 약속을 지킨 게 원
망스러웠어. 난 장난이려니 하고 생각도 해봤지. 혹시 숲 덤불
뒤로 네가 나타날까 봐, 샅샅이 살펴보기도 했어. 그러나 아니
었어! 네가 떠난 것은 사실이었어. 그래, 고마워.(148)

속으로는 애타게 제롬을 부르면서도, 그가 자기 곁으로 돌
아오지 않기를 간절히 당부하는 알리사의 이해할 수 없는 태

도는 그 단적인 예라 할 수 있다.

확실히 알리사는 내가 퐁그즈마르에 가지 않은 것에 대해 고마워하고 있었고, 확실히 그해에는 그녀를 만나러 오지 않기를 당부하고 있었다. 그러나 그녀는 내가 없는 것을 섭섭해 했고, 곁에 있어주기를 바라고 있었다. 한 장 한 장 편지를 넘길 때마다, 나를 부르는 그녀의 한결같은 외침이 들려오고 있었다.(113)

알리사-나르시스와 제롬-거울 사이의 거리, 너무 멀어도 너무 가까워도 안 되는 그 필수 불가결한 거리를 유지하기 위해 몸부림치는 알리사의 모습은 제롬을 향한 다음의 감동적인 탄식에서 가장 뚜렷하게 드러난다.

제롬, 제롬! 내 옆에 있으면 내 마음이 찢어질 것 같고, 멀리 있으면 내가 죽을 것만 같은, 불행한 내 친구여.(204)

그러나 알리사 자신의 주도면밀한 배려에도 불구하고, 그 필수 불가결한 거리는 제롬 쪽에서의 접근으로 인해 항시 소실될 위험에 처해 있다. 그리하여 제롬-거울의 다가옴을 두려워하는 알리사-나르시스의 불안은 마침내 퇴행성 도피로 비화된다.

진지하게 생각해보고 하는 말이지만, 아직은 우리가 서로 만나지 않는 것이 좋아. 내 말을 믿어. 네가 곁에 있을지라도 이보다 더 너를 생각할 수는 없을 거야. 너를 힘들게 하고 싶지는 않아. 하지만 난— 지금은— 네가 곁에 있는 것을 더 이상 바라지 않게 되었어. 솔직히 말할까? 만약 오늘 저녁에라도 네가 온다는 걸 알게 되면…… 나는 도망쳐버릴 거야.(117)

이처럼 제롬-거울과의 거리를 유지하기 위해 알리사-나르시스가 취하는 요령부득의 자세는 정상적인 사랑의 수준을 벗어난다. 그러나 과민한 감수성과 정신적 상처를 짐작케 하는 그 비상식적인 조치는 "왜냐하면 〔……〕 나는 너와 멀리 떨어져 있을 때, 더욱 너를 사랑할 수 있으니까"(136)라는 고백이나, "말씀해주소서, 오, 하나님! 〔……〕 그가 제 곁에 머문다면, 제가 그를 그만큼 사랑하겠습니까?"(192)라는 외침의 속뜻을 짐작한다면 전혀 받아들일 수 없는 것도 아니다. 문제는 제롬이 거울로서 기능할 만큼의 거리가 확보되어야 비로소 알리사-나르시스도 존재할 수 있다는 점이다. 바꾸어 말하면 그녀는 제롬과의 일정한 거리를 통해서만 그녀 자신일 수 있고, 그녀 이상일 수 있는 것이다.[19]

19 이와 같은 거리 두기는 제롬-거울과의 관계에서뿐만 아니라, 알리사-나르시스의 행복 추구나 신과의 만남에서도 동일하게 적용된다. 너무 쉽게 얻어지는 구

(2) 제롬-거울 속으로의 함몰: 이제 우리는 알리사-나르시스가 제롬-거울을 통해 외부 세계를 바라보는 모습을 목격하게 된다. 정확히 말하자면 그 외부 세계란 제롬이라는 존재를 통해 비치는 세계이다. 즉 알리사는 제롬이 먼저 체험한 세계를 자신의 체험으로 되살려내는 것이다.

네 편지를 읽으면서 난 기쁨으로 녹아들고 있어. 오르비에토에서 보낸 네 편지에 답장하려는 참이었는데, 페루자와 아시시에서 보낸 편지가 동시에 도착했어. 내 마음은 지금 여행을 떠나 있고, 몸만 여기 남아 있는 것 같아. 정말 나는 너와 함께 움브리아의 하얀 길 위에 서 있는 것 같아. 나는 너와 함께 아침에 떠나서, 전혀 새로운 눈으로 새벽 동이 트는 것을 바라보지…… 코르토나의 테라스에서 너는 정말 나를 불렀었니? 네 목소리가 들려왔어…… 아시시 너머 산속에서는 지독히도 목이 말랐지! 하지만 프란체스코회 수도사가 준 한 잔의 물은 어찌나 달던지! 아, 제롬! 나는 너를 통해 모든 걸 하나하나 보

체적인 행복은 자신의 영혼을 질식시킨다고 생각하는 그녀는 "오, 주여! 너무 빨리 도달할 수 있는 행복으로부터 저를 지켜주소서! 제가 당신께 갈 때까지, 저의 행복을 미루고, 뒤로 돌릴 수 있도록 가르쳐주소서!"(185)라고 기도한다. 또한 같은 맥락에서 "아무리 행복하다 해도, 진보 없는 상태는 바랄 수 없다"라고 단언하는 그녀는 "천상의 기쁨이란 하느님 안에서의 융합이 아니라, 하느님을 향한 끝없고 끊임없는 다가감"(187)이라고 생각하는 것이다.

고 있어!(114)

이탈리아에서 제롬이 보내온 편지만으로 알리사는 그곳의 풍물들을 낱낱이 체험한다. 그녀의 가상 체험은 너무도 생생해서 제롬이 이야기하는 빛과 소리를 보고 들으며, 그가 마셨던 물까지도 스스로 맛본다. 알리사의 대리 체험은 병영에서 보낸 제롬의 편지를 통해서도 같은 방식으로 이루어진다. 그녀는 제롬이 들었던 기상나팔 소리를 실제로 들으며, 그가 보았던 새벽의 눈부신 빛을 여실히 그려낸다.[20]

기동 훈련에 대해 네가 써 보낸 감동적인 묘사가 머릿속에서 떠나질 않아. 요즘 며칠 밤 잠을 못 이루었는데, 잠결에 기상나팔 소리를 듣고 여러 번 소스라치며 깨어나곤 했어. 정말 그 소리를 들었던 거야. 네가 이야기한 그 가벼운 도취감, 아침의 상쾌한 기분, 반쯤 현기증 나는 상태, 그런 느낌들을 나도 잘 상상할 수 있어…… 새벽의 차가운 눈부신 빛 속에서 말제빌의 그 고원은 얼마나 아름다웠을까!……(128)

---

20 이처럼 제롬-거울을 통해 비친 세계를 자신의 체험으로 되살려내는 그녀에게 상상과 현실의 구분은 무의미하다. 그녀는 남들이 이야기하는 '낯선 나라들'을 알기 위해 스스로 여행할 필요가 없다. 그녀에게는 "이런저런 나라들이 있고, 그 나라들이 아름다우며, 남들이 그곳에 가볼 수 있다는 것을 아는 것만으로 충분하기"(56) 때문이다.

이처럼 제롬-거울을 통해 외부 세계와 접촉하는 알리사-나르시스에게, 제롬-거울을 통하지 않은 어떤 것도 실재성을 가질 수 없다. 그녀가 제롬이라는 거울의 매개 없이 바라보는 세계는 그녀 자신의 것이 아니라 훔쳐온 것에 불과하며, 그러기에 괴로움만 가져다줄 뿐이다.

네가 이탈리아에서 편지를 보내왔던 그 무렵, 나는 너를 통해 모든 것을 볼 수 있었어. 하지만 지금은 너 없이 바라보고 있는 모든 것을 너에게서 훔치고 있는 듯한 느낌이 들어.(124)

제롬이 이탈리아에서 편지를 보내왔을 때, 나는 그가 나 없이 모든 것을 보고, 나 없이 살아가는 것을 아무렇지 않게 받아들였다. 〔……〕 그런데 지금 나는 나도 모르게 그를 부르고 있다. 그가 없이는, 내 눈에 보이는 모든 새로운 것들은 나를 괴롭힐 뿐이다……(183~84)

또한 알리사-나르시스는 자신의 가상 체험을 자신의 몫으로만 남겨두지 않고, 그것을 가능케 한 제롬-거울에게까지 강요한다. 제5장 후반에서 그녀와 오래 떨어져 있는 상태를 견디지 못하는 제롬에게, 그녀는 단호히 "내가 이탈리아에서 너와 함께 있지 않았니? 고마움도 모르는 제롬! 단 하루도 나는 너를 떠난 적이 없어"(119)라고 나무란다. 다만 제롬의 편지를 통해 상상의 여행을 한 데 불과한 그녀가, 제롬에게 그와 함께한 여행을 상기시키는 것은 지나친 비약이 아닐 수 없다. 그러나 그녀가 함몰해 있는 거울 세계에서는 어떤 아이러니도 지나치지 않다. 그녀는 자신이 염원하는 대상이 바로 곁에 있다고 상상할 수 있는 특이한 재능을 가졌으며, 대상과 함께 있다는 자신의 강렬한 느낌이 그 대상에게도 전달되었으리라고 확신한다.[21]

오늘 밤 나는 진정으로 그렇게 생각했어. '하느님, 이토록 아름다운 밤을 창조해주셔서 감사합니다!'라고 말이야. 그러자 불현듯 네가 곁에 있기를 바라는 마음이 간절했고, 정말 네가 곁에 있는 것처럼 느껴졌어. 그 느낌은 너무도 강렬해서, 아마 너한테까지 전달되었을 거야……(112~13)

그리고 제롬이 마지막으로 퐁그즈마르를 찾아오기 직전, 애타게 그를 기다리는 그녀의 강박적 믿음 또한 같은 맥락에서 이해할 수 있다. 환상과 실재의 경계가 무너진 지점에서 현실태와 가능태를 혼동하는 알리사의 몽유병자적인 중얼거림은 당혹 그 자체이다.

---

21 "지금 당장 저는 그 행복을 갈망하고 있습니다…… 아니면, 제가 이미 그 행복을 가졌다고 생각해야 합니까?"(209)라는 그녀의 일기 한 구절은, 그녀에게 갈망한다는 것은 이미 그 갈망이 이루어졌다고 믿는 것과 다름없음을 의미한다.

내가 부르는 소리에 갑자기 네가 대답한다 해도, 거기, 서둘러 내 눈길이 둘러보는 돌투성이 비탈 뒤에서 네가 나타난다 해도, 아니면 나를 기다리며 벤치에 앉아 있는 네 모습이 멀리서 보인다 해도, 내 가슴은 놀라 뛰지 않을 것이다······ 오히려 네가 보이지 않아, 나는 놀랄 뿐이다.

〔······〕

나는 기다린다. 머지않아 바로 이 벤치에 그와 함께 앉게 되리라는 것을 나는 안다······ 벌써 그의 말소리가 들린다. 나는 내 이름을 부르는 그의 목소리가 무척이나 듣기 좋다······ 그는 여기에 앉을 것이다! 나는 그의 손에 내 손을 맡길 것이다. 그의 어깨에 내 이마를 기댈 것이고, 그의 곁에서 숨 쉴 것이다.(202)

단적으로 말해 제롬-거울을 통해 외부 세계와 접촉하는 알리사-나르시스에게 믿음은 '보이지 않는 실재'이며, 현실보다 더 현실적이다. 자신의 도저한 환몽 속에서 제롬이 돌아올 것을 확신하는 알리사의 표현을 빌리자면, 그녀는 믿음이 현실로 나타나는 것이 놀라운 것이 아니라, 오히려 현실로 나타나지 않는 것이 놀라운 것이다.

(3) **제롬-거울의 제거**: 마지막으로 우리는 알리사-나르시

스가 제롬-거울을 통해 신을 만나는 장면을 목격하게 된다. 제5장 제롬에게 보내는 편지들 가운데 하나에서, 알리사는 아벨의 세속적인 성공에 대해 혐오감을 드러내 보인 후 이렇게 말한다.

하나님, 지상의 어떤 영광과도 비길 수 없는 천상의 영광을 위해 제롬을 선택해주신 것을 진심으로 감사드립니다.(122)

알리사 자신의 고백처럼 그녀가 신의 존재를 깨닫고, 천상의 영광을 갈망할 수 있게 된 것은 제롬이라는 매개를 통해서이다. 즉 제롬은 알리사에게 신과 천상의 모습을 비춰주는 거울이 되는 것이다. 그녀가 신을 사랑할 수 있는 가능성을 얻게 된 것 또한 제롬이라는 거울을 통해서이다.

하나님! 제가 당신을 사랑하기 위해서는 그가 필요하다는 것을 당신은 잘 아시나이다.(200)

그녀의 고백처럼, 그녀는 이미 어렸을 때부터 제롬이 있기 때문에 아름다워지고 싶어 했다. 즉 그녀가 완전한 덕행을 지향했던 것은 다름 아닌 제롬을 위해서였던 것이다. 그러나 참으로 역설적이게도 그녀가 지향하는 "완덕(完德)은 반드시 그가 없어야만 이루어질 수 있다".(190) 그녀가 추구하는 미덕은 본래 제롬의 마음에 들기 위한 것이었지만, 그 "미덕은 그녀가 그의 곁에 있으면 무기력해지고 마는 것"(186)이다. 그것은 그녀에게 신의 세계를 보여주었던 제롬-거울이 이제는 그녀가 신의 세계로 나아가는 것을 막는 장애물이 됨을 뜻한다.[22]

바로 그 때문에 그녀는 "하지만 당신은 어찌하여 당신과 저 사이 어디에나 그의 모습을 두십니까"(196) 하고 탄식하면서, 신과 자신 사이를 가로막는 제롬-거울을 제거하려 한다. 그러나 제롬-거울의 제거는 스스로의 존재 근거를 무너뜨리는 일이기에, 그녀는 "마음속으로는 까무러칠 것 같은데도, 무관심과 냉담을 가장할 수 있었던 잔인한 대화"(198)를 통해, 제롬 쪽에서 먼저 그녀에 대한 사랑을 단념하도록 유도

---

22 덧붙여 지적해야 할 것은 제롬-거울이 알리사-나르시스가 신에게로 나아가는 길에 매개가 되는 동시에 장애가 되는 것과 마찬가지로, 알리사 역시 제롬이 신에게 나아가는 관건이 되는 동시에 방해물이 된다는 점이다. 그녀 자신의 탄식을 들어보자. "아! 슬프게도, 이제 나는 너무나 잘 깨닫게 되었다, 하나님과 제롬 사이에는 오직 나라는 장애물이 있을 뿐이라는 것을. 그가 말한 것처럼, 아마도 처음엔 나에 대한 사랑으로 그의 마음이 하나님께 기울게 되었다 할지라도, 이제는 그 사랑이 그를 방해하고 있다. 그는 나로 인해 머뭇거리고, 다른 어떤 것보다 나를 더 좋아하게 되었다. 그리하여 이제 나는 그가 덕성을 향해 나아가는 것을 가로막는 우상이 된 것이다."(191) 이처럼 그녀는 그녀 "자신이 그 정도로까지 [그의] 마음을 사로잡고 있다는 데 대해 점점 더 양심의 가책"(151)을 느끼며, 그 때문에 "하오나 주여, 저로부터 그를 구하기 위해 제가 없어져야 한다면, 그렇게 하소서"(198) 하고 기도한다. 즉 신과의 직접적인 만남을 위해서는, 제롬-거울과 마찬가지로 알리사-거울 또한 제거되어야 하는 것이다.

한다.[23]

> 하나님, 비겁한 제 마음은 이 사랑을 극복할 수 없어 절망하
> 오니, 제발 그가 저를 사랑하지 않도록 깨칠 힘을 저에게 허락
> 하소서.(191)

그리하여 이제 제롬-거울을 제거함으로써 그녀는 신과의
직접적인 만남을 시도하며, 과거에는 "오직 〔제롬〕만이 알게
해주었던 기쁨을, 이제는 오직 〔하나님〕에게서만 얻"으려 한
다.(197) 왜냐하면 그녀가 인용하는 파스칼의 말처럼 "하나님
아니시고는, 그 어떤 것도 〔그녀의〕 기대를 채워줄 수 없으"
며, "이제는 하나님만으로 만족해야 하고, 하나님의 사랑은
그분이 우리 마음을 완전히 차지할 때에야 비로소 그윽한 기
쁨이 되기 때문이다".(206) 그맘때 그녀는 모든 지상적인 것
들의 포기와 더불어, 최종적으로 신의 나라를 선포한다.

> 당신의 나라가 임하시기를! 제 안에 당신의 나라가 임하시
> 기를! 그리하여 오직 당신만이 저를 다스리시기를. 이제는 당

---

23 물론 그렇다고 해서 그녀가 제롬에 대한 사랑을 포기한 것은 아니다. 그녀가 "지
금보다 더 그를 사랑했던 적이 없"(198)음을 확인하면서도, 제롬에 대한 사랑을
단념하려 드는 것은 "오늘 그를 잃고 〔그녀의〕 영혼은 울고 있으나, 이는 장차
〔하나님의〕 품에서 그를 되찾게"(191) 되리라는 믿음을 지니고 있기 때문이다.

신께 아낌없이 제 마음을 드리겠나이다.(207)

그렇다면 알리사-나르시스는 제롬-거울의 제거를 통해, 마침내 그녀가 고대하던 신과의 만남을 갖게 되는가. 아마도 그렇지 않을 것이다. 그것은 제롬-거울의 사라짐과 동시에, 제롬-거울을 통해 존재했던 그녀 자신, 그리고 외부 현실과 신의 존재까지도 소멸하기 때문이다. 퐁그즈마르 채소밭의 작은 문 앞에서 마지막으로 제롬과 헤어진 후 그녀가 "모든 것이 다 사라졌다"(203)고 탄식하면서, "제게서 그를 빼앗아 가신 질투심 많은 하나님, 하오니 제 마음도 거두어 가소서"(205)라며 자신을 방기하는 것도 같은 맥락에서이다. 제롬-거울이 사라진 이상, 알리사-나르시스가 존재해야 할 어떤 근거도 이유도 없는 것이다.

알리사의 실패

『좁은 문』의 후반에 덧붙여진 알리사의 일기는 그녀의 거울놀이의 전말에 대한 상세한 보고라 할 만하다. 여기서 그녀는 자신에게 "도대체 무슨 일이 일어났던가?"(204)라고 물으며, 자신이 "얼마나 보잘것없고, 한심한 덕성에 이르렀는가"(197)를 돌아보게 된다. 그녀는 지금까지 "자신을 속이고"(182), 스스로에게 감당할 수 없을 만큼 "지나친 요구를 해온"(197) 것을 자책하며, 이제껏 자신의 행동을 이끌어온 이

유들을 믿을 수 없다고 고백한다(193). 그처럼 참담한 자기 부인이야말로 제롬-거울을 통해 자신의 전 존재를 구축했던 알리사-나르시스가 최후에 도달한 지점이라 할 수 있다.

여기서 우리는, 매우 역설적이게도, 이 소설 곳곳에서 알리사가 제롬에게 던졌던 비난의 말들이 오히려 그녀 자신에게 더 잘 어울리는 것이 아닌가 하는 의혹을 갖게 된다. 다시 말해 지금까지 그녀가 제롬의 것으로 생각해왔던 과오들이 사실은 제롬-거울에 투사된 그녀 자신의 것이 아닐까 하는 추측이다.

바로 이런 점에서, 네가 짐작하기 훨씬 전부터, 나는 네 사랑이 무엇보다 머릿속 사랑이고, 애정과 신뢰에 대한 멋들어진 지적(知的) 집착이라는 생각을 하게 되었어.(137)

알리사-나르시스가 제롬-거울을 통해 자신과 타자를 바라보는 한, 그녀의 사랑은 근본적으로 '머릿속 사랑'일 수밖에 없으며, 비록 그녀가 부정하더라도 '지적 집착'이라는 혐의에서 벗어날 수 없다. 또한 알리사는 자신이 들려주는 이야기가 혹시 제롬에게 '미묘한 논리 전개'로 받아들여질까 봐 두려워하지만, 실상 그녀의 두려움은 자기 고백에 가깝다고 볼 수 있다.

제롬, 내 말뜻이 잘못 이해되지나 않을까 두렵구나. 무엇보다, 내 영혼의 더할 나위 없이 강렬한 감정의 표현에 지나지 않는 것을, 네가 미묘한 논리 전개(오! 얼마나 어설픈 논리 전개인가)로 생각하지나 않을까 두려워.(148)

따라서 "내기 말한 걸 왜 그대로 받아들이지 않니? 사실은 아주 단순한 이야기였는데 말이야"(69)라는 알리사의 추궁이나, "자, 이제 앞으로는 그렇게 공상적인 사람이 되지 않겠다고 약속해"(72)라는 그녀의 당부 또한 제롬에게보다는 그녀 자신에게 해당되는 것으로 볼 수 있다.

뿐만 아니라 그녀는 제롬을 향해 "지금 넌 환상을 사랑하고 있는 거야"(163)라며 그의 비현실적인 사랑을 질책하지만, 그 질책은 차라리 제롬이 알리사에게 해야 어울릴 것이다. 왜냐하면 알리사-나르시스가 제롬-거울을 통해 바라보는 모든 존재는 근본적으로 허상이며, 17세기 극작가 라신의 「네번째 송가」에서처럼 인간을 "더욱 굶주리게 하는 허깨비"나 "끊임없이 물이 빠져나가는 가짜 웅덩이"에 지나지 않기 때문이다.[24] 그렇다면 결국 제롬이라는 거울은 알리사-나르시스에

---

24 거울 상(像)을 실재로 오인하고, 그로 인해 '평지풍파'를 일으킨다는 점에서 숭고한 여주인공 알리사는 이 소설에서 다소간 희화화되고 있는 쥘리에트나 플랑티에 이모와 부분적으로 닮아 있다. 즉 그녀는 "일부러 행복한 척 연극을 해 보이"다가, 스스로 "그 연극에 속아 넘어간 게 아닌가"(123~24) 하는 의구심을 불러일으키는 쥘리에트와 마찬가지로 자신이 만든 환상의 희생자이며, 늘 "무슨

게 퐁그즈마르 저택 창유리의 '거품'과 흡사한 효과를 일으키는 것이 아닐까.

어떤 유리창에는 집안사람들이 '거품'이라고 부르는 흠집이 나 있는데, 그것을 통해서 보면 나무는 뒤틀려 보이고, 그 앞을 지나가는 우체부에게는 갑자기 혹이 달리기도 한다.(11)

이제 제롬-거울이 유리-거품과 닮은꼴로 포개지는 이쯤에서 우리의 논의를 마감하도록 하자. 평자들에 따라 알리사-나르시스가 '진정한 성녀'와 '광적 신비가'로 상반되게 나타나는 것은 무엇보다 그녀가 자신과 타인, 외부 현실과 신의 세계를 제롬-거울이라는 매개를 통해서 바라보기 때문이다. 그녀는 제롬-거울을 통해 나타나는 영상을 실재와 혼동함으로써, '뒤틀려 보이'거나 '혹이 달린' 존재들로 들끓는 가상의 세계 속에 살게 된 것이다. 당연히 그 세계에서는 성스러움과 광기, 진실과 허위, 현실과 가상의 대립은 존재하지 않는다.

문제는 알리사-나르시스가 사로잡힌 가상 세계가 매 순간 해체될 가능성과 함께 존재하며, 필연적으로 해체될 수밖에 없다는 점이다. 즉 거울로부터의 이탈과 거울 속으로의 함몰이 거울 상(像)을 소멸시키며, 궁극적으로는 거울 자체가 거

궁리를 해서, 아주 자연스러운 일을 복잡하게 만들려 하는"(47) 플랑티에 이모와 같이 자신의 환상으로써 자연스러운 질서를 교란하는 것이다.

울 상과의 만남을 가로막는 장애물이 되는 것이다. 그런 점에서 알리사의 거울놀이는 애초부터 실패로 예정된 것이며, 거울놀이를 통해 구축된 그녀의 삶 또한 붕괴될 수밖에 없었던 것이다. 요컨대 '진정한 성녀'와 '광적 신비가'이기 이전에, 『좁은 문』의 여주인공 알리사는 실패할 수밖에 없었던 '거울-인간'이다.

『좁은 문』에서의 타인 읽기

작품의 모호성과 타인 읽기

지금까지 『좁은 문』은 다양한 분석의 대상이 되어왔으며, 때로는 상호 모순적인 해석을 낳는 거푸집으로 존재했다. 이는 작품이 갖는 모호성에 기인하는 것이며, 그 생산적인 모호성은 끊임없이 독자를 사로잡는 매혹으로 작용해왔다. 단적으로 말해 『좁은 문』의 매혹은 여주인공 알리사가 성녀인가 아니면 광인인가, 이 작품의 진정한 주역은 알리사인가 아니면 제롬인가, 작가의 숨겨진 의도는 교화적인 것인가 아니면 풍자적인 것인가를 명백하게 판가름할 수 없다는 데서 나온다.[25]

사실 이 같은 모호성은 작가의 세계관의 직접적 투영이며,

궁극적으로는 인간 존재의 불가해성을 드러내기 위한 전략이라 할 수 있다. 그 풍부한 애매성은 여전히 영혼과 육체, 신성과 세속의 갈등이라는 전통적 주제의 테두리에 머물고 있는 이 작품에 간과할 수 없는 현대적 성격[26]을 부여하며, 작가가 동원하는 다양한 글쓰기 방식[27]과 더불어 텍스트의 미궁을 심화하는 역할을 한다.

또한 그 애매성은 작품의 형식적·내용적 구성 요소들 전반에 삼투하고 있으며, 특히 인물들의 불투명성은 그 가운데 하나라 할 수 있다. 문제는 인물들의 불투명성이 독자에게 지각될 뿐만 아니라, 인물들 상호 간에도 노출되고 의식된다는 점이다. 이를테면 각각의 인물들은 서로에게 읽을 수 없는 기호로 나타나며, 그 기호의 의미가 판독되는 것은 비극적 파탄이

---

25 이 작품에서 작가의 의도는 끝끝내 숨겨지며, 애초에 작가의 의도가 존재했는지 의심스럽기까지 하다. 사실 이 작품이 발표된 이후 작가 자신의 상충된 발언들은 비록 최초의 의도가 존재했다 할지라도, 작품이 작가의 통제 영역을 벗어났음을 암시한다. 이에 관한 보다 자세한 논의는 P. Trahard, *La Porte étroite d'André Gide*, coll. Mellottée, La Pensée moderne, 1968, pp. 93~106; J. Mallion et H. Baudin, *La Porte étroite d'André Gide*, édition commentée et annotée, Bordas, 1972, pp. 133~36; Cl.-A. Chevallier, *La Porte étroite, André Gide*: des repères pour situer l'auteur, ses écrits, l'œuvre étudiée, Nathan, 1993, pp. 82~88을 참조할 것.

26 엘보는 이 작품이 『사전(私錢)꾼들』 이상으로 현대 소설의 면모를 드러낸다고 보며, 이를 바르트, 들뢰즈 등 후기구조주의자들의 이론을 빌려 설명한다.(A. Helbo, "Le Code et la vision héroïque dans *La Porte étroite*", *Degrés* 2, 6〔Avr. 1974〕, e1~e5)

27 이 작품에서 보고와 회상, 편지와 일기 등 서사의 다양한 방식들은 텍스트의 시공간적 복합성과 의미 구조의 입체성을 확보하는 필수적 장치가 된다.

있은 다음이다. 그 점에서 『좁은 문』 제2장에서 제롬이 과장된 감격을 섞어 쥘리에트에게 하는 말은 의미심장하다.

아! 다만 우리가 사랑하는 영혼 위에 몸을 기울이고, 마치 거울을 들여다보듯이, 그 속에서 우리 자신이 어떤 모습으로 비치는지 볼 수 있다면! 우리가 우리 자신의 마음속과 마찬가지로, 아니 그 이상으로 다른 사람의 마음속을 읽을 수만 있다면! 그 애정은 얼마나 평온할 것인가! 그 사랑은 얼마나 순수할 것인가!(54~55)

어쩌면 알리사가 자신의 말을 엿듣고 있을지 모른다는 생각에, 제롬은 지금까지 그녀에게 할 수 없었던 말을 간접적으로 털어놓고 있다. 즉 그는 자신이 얼마나 알리사의 속마음과, 그녀가 자신에 대해 품고 있는 생각을 알고 싶어 하는지 그녀에게 알리려고 한다. 여기서 그의 감탄 혹은 한탄은 '타인 읽기lire en autre'의 작업이 얼마나 어려우며, 얼마나 중요한가를 간접적으로 드러내 보인다. 그의 말을 뒤집어 이해하자면, 타인 읽기가 선행되지 않은 어떤 사랑도 '평온'하거나 '순수'하지 못한 것이다.

이 작품에서 제롬은 이따금 자신이 알리사의 속마음을 제대로 읽고 있고, 자신에 대한 그녀의 생각을 분명히 파악했다고 믿는다.

소리가 잘 울려 퍼지는 공간에서처럼, 우리 마음속 아주 작은 움직임의 소리까지도 서로에게 들리는 단조로운 흐름의 생활이 시작되었다.(47)

정말 나는 그녀 곁에서 행복하다는 느낌이 들었다. 그 행복은 너무도 완전한 것이어서, 이제 다시는 그녀의 생각과는 다른 생각을 품지 않으리라 생각되었다.(70)

여태까지 나는 그처럼 주의를 기울인 그녀의 상냥함과, 그처럼 간절한 그녀의 애정을 느껴본 적이 없었다. 한 점 티끌도 없는 창공 속으로 안개가 사라지듯, 근심과 걱정 그리고 아주 가벼운 마음의 동요까지도 그녀의 미소 속에 증발해버리고, 매혹적인 친밀감 속으로 녹아들었다.(71)

서로를 완전히 이해하고 서로의 생각이 정확히 일치한다고 믿는 행복한 순간, 제롬은 자신이 바라는 대로 '평온한 사랑'과 '순수한 애정'을 맛본다. 어떤 근심과 동요도 사라지고, 미세한 마음의 파문까지 전달되는 두 사람의 영혼은 소리와 빛이 넘나드는 투명한 공간이 되고, 세상의 아름다움을 비추는 티 없는 거울이 된다.[28] 그러나 이러한 '매혹적인 친밀감'이 언제까지나 계속되지 않는다. 그 드문 행복의 순간을 되돌아보는 제롬의 말에는 언뜻 파국의 그림자가 어른거린다.

> 이따금 내가 그녀에게서 느꼈던 두려움도, 그리고 그녀가
> 내게서 두려워했던 마음의 긴장도 이미 사그라져가고 있었
> 다.(145)

"매혹적인 바람이 흥겹게 불고 (그들의) 마음이 꽃처럼 피
어나던" 날, 그 어느 때보다 아름다워 보이는 알리사 앞에서
'희망'과 '확신'에 찬 제롬이 자신의 속마음을 조심스럽게 내
비치는 순간, 그 '매혹적인 친밀감'은 사라져버린다. 두 연인
사이의 투명한 공간은 불안의 안개에 휩싸이고, 서로를 비추
던 영혼의 거울은 흐려진다. 그리하여 제롬은 "내 모든 행복
은 날개를 펼치고, 내게서 도망쳐 하늘로 날아가버렸다"(147)
라고 탄식하며, 알리사의 무릎에 이마를 묻고 운다.

어째서 이런 일이 벌어졌을까. 앞서 인용한 제롬의 감탄 혹
은 한탄을 뒤집어 생각해보면, 이제 그의 사랑이 '순수'하고
'평온'하지 못하다면, 당연히 그가 알리사의 속마음과, 자신
에 대한 그녀의 생각을 제대로 파악하지 못했을 것이다. 즉
알리사라는 타인 읽기에 실패함으로써 그는 자신의 불행뿐

---

28 그 점에서 제롬과 알리사가 플랑티에 이모를 희화화하기 위해 인용하는 괴테의
명구는 오히려 행복한 순간의 두 연인을 표현하는 데 더 잘 어울릴 것이다. "이
영혼 속에 비친 세상을 본다면 아름다우리라."(47)

만 아니라 알리사의 불행까지도 불러오게 되는 것이다. 그렇다면 어떤 이유로 그는 '타인 읽기'에 실패하는가? 그것이 그 자신만의 책임일까? 즉 '읽는 자' 제롬뿐만 아니라 '읽히는 자' 알리사의 책임도 있지 않을까. 이제 우리는 실패한 '타인 읽기'의 전모를 밝힘으로써, 이 작품의 가시지 않는 모호성을 점검하는 계기를 가질 것이다.

제롬의 맹목

『좁은 문』에서 제롬이 끊임없이 알리사의 속뜻을 읽으려고 애쓰지만, 그의 '알리사 읽기'가 순탄치 않으리라는 것은 그가 줄곧 불안에 사로잡혀 있다는 사실에서도 예견된다. 그의 불안은 마치 불안정한 자세가 사격의 실패를 가져오듯이, 알리사 읽기를 가로막는 요소들 가운데 하나로 이해할 수 있다.

그녀에게서 오는 편지들은 여전히 나를 불안하게 했다.(78)

그래서 나는 그녀를 만나보지 않고 집을 나왔고, 아침나절 내내 불안한 마음을 달래려고 애썼다.(84)

나는 아벨과 헤어진 후, 할 일도 없는 데다 너무 마음이 불안하고 초조해, 기다림을 잊으려고 생트 아레스 절벽까지 긴 산책을 나갔다.(87)

그런데도 저녁식사를 마친 다음, 나는 막연한 불안감에 사로잡혀 다시 시내로 나갔다.(134)

제롬은 알리사의 편지에서 그녀의 저의를 알아내지 못해 불안해하며, 플랑티에 이모의 도움으로 그녀의 속뜻을 알게 된 후에도 그의 불안은 그치지 않는다. 막연한 초조감에 사로잡힌 그는 시내를 쏘다니며, 절벽까지 긴 산책을 나가기도 한다. 그러고 보면 그의 강박적 불안은 알리사라는 독해 불가능한 기호에 대한 두려움에서 오는 것이라 할 수 있다.[29] 그 점에서, 늘 자기 일에 파묻혀 남에게 관심을 두지 않는 플랑티에 이모까지도 "〔알리사〕가 널 사랑하지 않을까 두렵니?" 하고 묻는 것은 시사하는 바 크다. 비록 그가 "아! 아니에요. 제가 두려워하는 건 그런 게 아니에요"(82) 하고 부정하지만, 그의 과장된 부정은 오히려 위장된 긍정이라 볼 수 있다. 알리사 공포 증후군이라 불릴 수 있는 이 두려움은 도처에 나타난다.

---

29 물론 그 두려움의 근원에 알리사의 이름이 명시되는 것은 아니며, 또한 알리사가 문제되지 않는 곳에서도 그는 종종 두려움에 휩싸인다. "하지만 나는 모두들 내 당혹한 모습을 눈치챌 거라고 생각하니, 응접실로 들어갈 엄두가 나지 않았다."(90) 그러나 어린 시절부터 몸에 밴 그의 두려움이 알리사라는 독해 불가능한 대상으로 집약되는 것은 당연한 일이라 하겠다.

나는 지난날 내가 알고 있던 그녀의 모습을 이제는 전혀 알아보지 못할까 봐 두려워서,(130)

그러나 한편으로는 그녀를 만나는 것이 두렵기도 했다. 동생의 상태를 내 탓으로 여기지 않을까 두려웠고,(99)

벌써부터 나는 그녀의 책망과 그녀가 내게 던지리라 생각되는 준엄한 눈길에 대비해, 마음을 졸이면서 용기를 가다듬고 있었다. 그러나 내가 꽤 가까이 다가가 지레 겁먹은 듯 걸음을 늦추자,(69)

내 말뜻을 알아듣자, 알리사는 휘청거리며 벽난로에 몸을 기대는 듯했다. (……) 하지만 나 자신도 너무나 떨려, 그녀 쪽을 바라보는 것을 조심스레 피하고 있었다.(59)

알리사에 대한 두려움은 그녀와의 만남에 대한 두려움으로부터 시작된다. 제롬은 달라진 그녀의 모습과 그녀에게서 받을 책임 추궁이 두려워 만남을 회피한다. 그는 그녀와 만난 뒤에도 겁에 질려 다가가지 못하거나, 똑바로 쳐다보지도 못한다. 정상을 벗어난 그의 두려움은 그토록 사랑하는 그녀와 "둘이만 남게 되면 어쩌나 하는 두려움이 들었다"(131)라고 토로하는 데서 정점을 이룬다.[30] 실은 그러한 고백까지도 차후 회상의 순간에 독자들에게 하는 것일 뿐, 공포의 대상인 그녀 앞에서는 한마디도 하지 못한다.

나는 즉시 대꾸하려 했으나, 용기가 없었다.(158)

나는 전날 있었던 쥘리에트와의 대화에 대해, 그녀에게 이야기할 엄두가 나지 않았다.(60)

마음속에서 올라오는 온갖 항변들을 입 밖에 내지 못한 채, 나는 답답하기만 했다.(155)

하지만 나는 [······] 조금이라도 서툰 말을 해서, 우리들의 상처를 돌이킬 수 없을 정도로 악화시키지나 않을까 두려웠다.(137)

그래, 네가 편지에 쓴 모든 것들을 나도 느끼고 있었어. 하지만 너에게 그런 말을 하기가 두려웠던 거야.(138)

---

30 그는 알리사와 관련된 모든 것을 두려워하며, 그녀의 두려움까지도 그에게는 두려움의 대상이 된다: "하지만 난 두려워······ 그녀를 두렵게 할까 봐 두려운 거야."(56) 이처럼 과도한 두려움이 그를 사로잡고 있는 한, 그의 판단이 사리에 맞으리라고 기대하기는 어렵다. "나는 불안으로 인해 마음이 흔들리고, 알리사가 나를 의심할지도 모른다는 생각에 겁을 집어먹고서, 다른 위험들에 대해 생각해보지도 않은 채, 다음 날 바로 약혼하기로 결심했다."(58)

이처럼 과도한 두려움에 사로잡혀 자신의 속뜻도 드러내지 못하는 그가, 그녀의 속뜻을 추궁하기란 더더욱 어려운 노릇이다.

그녀는 당황한 듯이 입술을 바르르 떨며 잠시 내 앞에 서 있었다. 그토록 괴로워하는 모습이 내 가슴을 죄어왔기 때문에, 나는 감히 캐묻지도 못했다.(87)

그녀는 내가 돌아온 것을 못마땅하게 여기는 듯이 보였다. 적어도 그녀는 그 못마땅함을 자신의 태도 속에 나타내 보이려 했고, 나는 그 못마땅함 뒤에 숨겨져 있는, 보다 더 격렬한 감정을 찾아낼 용기가 없었다.(65)

그보다도 나는 우리 사이에 좀처럼 그런 예가 없었던, 그녀의 상냥함과 친절함이 더 마음 아프게 생각되었다. 나는 거기서 감정의 용솟음보다는 어떤 결심을, 그리고 감히 말하기 어렵지만, 사랑보다는 예의를 보게 될까 봐 두려웠던 것이다.(153)

그는 알리사의 표정이나 태도로부터, 그녀가 드러내고자 하거나 숨기고자 하는 감정을 읽어낼 용기가 없다. 그것은 겉보기보다 격렬한 감정이거나 상반되는 감정일 수 있으며, 그 감정에 대한 두려움은 근본적으로 그녀에 대한 공포심에서 비롯되는 것이다. 이처럼 그가 그녀에 대한 두려움에 사로잡혀 있는 한, 가능한 해결 방식은 사태의 궁극적 원인을 그녀가 아니라 자신에게 돌리는 것이다. 마치 살인할 용기가 없어 자살을 택하는 것처럼, 그는 자신에게 책임을 전가함으로써 알리사에 대한 원망으로부터 벗어나고자 한다.

그러고 나면 나는 곧 모든 불평을 나 스스로에게 돌렸다. 그것은 나 자신이 그녀에 대한 비난에 빠져들고 싶지 않아서였고, 또한 내가 그녀에게 기대하는 것이 무엇이며, 그녀에게서 무엇을 비난할 수 있을지 더 이상 알 수 없었기 때문이다.(162)

그는 그의 "슬픔을 〔그〕 자신의 탓으로 돌리고"(156), 그의 "불행도 〔그〕가 만들어낸 게 아닐까 의심해"(152)본다. 이처럼 자아와 타자, 원인과 결과를 혼동하는 맹목적인 성향은 이미 그가 어릴 때부터 시작된 것이다. 동요가 잦고 변화되기 쉬운 소년 시절, 그는 "벌써부터 행복과 덕행을 혼동하고"(31), "사랑과 영웅주의를 구분하지"(149) 못했다. 그의 표현을 빌리자면, 그러한 혼동은 무모한 열광에 쉽게 빠져드는 감정적 성향의 결과였다.

요컨대 그에게는 사물과 사태를 합리적으로 판단하는 능력이 결여되어 있다. "사랑과 연민에 도취되고, 감격과 자기 희생과 미덕이 혼합된 막연한 감정에 도취"(26)된 그에게, 모든 것은 오직 "사랑의 빛을 받음으로써만 의미를 가질 수 있었"(33)으며, 그의 "마음은 온통 사랑으로 가득 차 있어서, 사랑의 표현 말고는 다른 어떤 표현도 귀에 들어오지 않았"(57)던 것이다.

이 때문에 그는 복잡다단한 알리사의 성격은커녕 비교적 단순한 쥘리에트의 마음도 제대로 읽지 못한다. 제2장에서 그는 "쥘리에트의 말은 거의 듣지도 않고, 그녀의 말이 〔……〕 그냥 땅바닥에 떨어지도록 내버려두"(56)며, "자신의 말에 너무나 정신이 팔려, 쥘리에트의 말 속에서 그녀가 말로 표현하지 않은 모든 것을 깨닫지 못한"(54)다. 또한 자신의 "잘못은 더듬거리며 찾으면서도, 〔……〕 어쩌면 알리사가 쥘리에트의 이야기를 더 잘 들었을지도 모른다는 생각은 한 번도 해보지 않았"(58)던 것이다.[31]

그러나 보다 큰 문제는 그 당시 제롬이 자신의 맹목성[32]에

---

31 자기 중심적 사고와 맹목적 판단에 사로잡힌 아벨과 플랑티에 이모 못지않게, 제롬은 타인과 외부 세계에 대해 무감각하다. 가령 아벨의 지적처럼, 제롬은 쥘리에트가 시를 좋아하고 이탈리아어를 배웠다는 사실까지도 알지 못한다.

32 알리사의 표현을 빌리자면 그러한 맹목성은 '주의력의 결핍'(126)에서 나오는 것이며, 제롬 자신의 반성에 의하자면 '의심의 부재'에서 기인하는 것이다. 이는 앞으로 보게 될 알리사의 '의심의 과잉'과 뚜렷한 대조를 이룬다.

대해 한 번도 돌이켜 생각해본 적이 없다는 점이다.

사실 나는 나 자신에 대해 조금도 의심을 품지 않았기 때문에, 그녀에 대해서도 더 이상 의심할 수 없었던 것이다.(146)

사태의 주역으로서 제롬은 자신이 맹목적이라는 사실을 깨닫지 못하며, 자신의 느낌과 판단에 대해서도 회의하지 않는다. 그 결과 타인에 대한 무관심과 무감각뿐만 아니라, 오인과 착각이라는 실수까지 범하게 된다.[33] 그는 끊임없이 자신의 사랑 이야기를 쥘리에트에게 들려주면서, "그녀도 〔그〕의 얘기를 듣는 데 싫증내는 기색이 없었다"(49)고 믿으며, 그의 열띤 이야기에 쥘리에트가 당황해하는 것을 보고, 그것이 "〔그〕가 늘어놓는 변변찮은 시적(詩的)인 말의 효과라고 생각하고 내심 흡족해"(52)하는 오류를 범한다.

그의 희극적 판단 착오는 그가 플랑티에 이모의 맹목성을 넌지시 꼬집으며 건네는 다음 말에서 절정을 이룬다.

모르긴 하지만, 이모님, 그 사람 괜히 헛수고하는 것 아닐까요. 어쩌면 쥘리에트가 다른 사람을 마음에 두고 있는지도 모

---

33 아이젠거는 『좁은 문』을 '오인과 시각적 왜곡의 이야기'라고 규정한 바 있다. E. Eisenger, "The Hidden Eye: Clandestine Observation in Gide's *La Porte étroite*", *Kentucky Romance Quarterly* 24, 2(1977), p. 221 참조.

르지요.(81)

그는 쥘리에트의 사랑의 대상이 자신이라는 것을 눈치채지 못하고, 아벨이라고 잘못 생각함으로써 결과적으로 쥘리에트와 알리사, 그리고 자신의 불행을 초래하는 것이다.[34] 이처럼 상궤를 벗어난 무관심과 무감각, 오인과 착가은 이미 다른 인물들로부터 여러 번 지적된 바 있다. 우선 그는 쥘리에트로부터 "이따금 오빠는 나를 바보로 아는 것 같아"(52)라는 항의를 받을 뿐 아니라, 알리사에게서도 은근한 비난을 받는다.

"제롬, 넌 뭔가 잘못 생각하는 것 같아."〔……〕그녀는 억지로 미소를 지어 보이려 했다.(60)

뿐만 아니라 관찰력의 결핍과 자기도취적 사고로 인해 객관적 인식이 불가능한 플랑티에 이모와 아벨에게서까지, 그는 '바보'라는 평판을 얻는다.

이런 바보! 그런 식으로 인생을 망쳐버릴 수 있니! 오늘 아침 네가 나한테 한 이야기 가운데 사리에 닿는 말이라곤 하나

---

34 그 점에서 그는 사태의 장본인이면서, 장본인을 추적하는 오이디푸스와 닮아 있다. 모든 비극의 발단은 희극적이다.

도 없더구나.(84)

바보 녀석! 그녀가 사랑하는 사람은 바로 너란 말이야. 바보
녀석! 그래 너는 그 말을 나한테 해줄 수도 없었니?(91)

그는 타인을 '바보'라고 생각함으로써 스스로 '바보'가 되
며, 그가 '바보'라고 생각하는 사람들로부터 '바보'라는 소리
를 듣는다. 그러나 자신이 '바보'라는 것을 깨닫는 것은 '바보'
가 아닐 때만 가능한 것이다. 즉 제롬이 맹목성으로부터 벗어
나는 것은 자신이 맹목적이라는 사실을 아는 순간에나 가능
한 일이다. 비록 이야기가 진행되는 시점에서 그가 "아벨, 제
발 부탁이야. 〔······〕 난 아무것도 몰라"(91)라고 고백하기도
하지만, 그의 각성이 온전하게 이루어지는 것은 차후 이야기
를 서술하는 시점에서이다. 즉 주인공 제롬의 맹목성은 화자
제롬의 사후(事後) 인식에 의해 드러나고 사라지는 것이다.

그 모든 말들이 우리 마음속에 너무도 깊이 스며들어서, 아
직도 나는 그 말들의 억양까지 들리는 듯하다. 하지만 그 말들
이 지닌 중대한 의미는 나중에야 비로소 깨닫게 되었다.(51)

그 당시 더할 나위 없이 부자연스러운 외양의 꾸밈 아래, 여
전히 사랑이 파닥이고 있음을 눈치채지 못한 나 자신을 지금

은 도저히 용납할 수 없지만, 그때만 해도 나는 그 외양밖에 볼 수 없었고, (……) 그대의 사랑이 사용했던 침묵의 술책과 잔인한 수법에서 그대의 사랑의 힘을 헤아릴 수 있게 된 지금, 지난날 그대가 나에게 그토록 가혹한 슬픔을 주었으니, 그만큼 나는 더 그대를 사랑해야 하는 건 아닌지?(152)

이야기가 진행되는 시점에서 주인공 제롬은 알리사가 하는 말의 숨겨진 의미를 깨닫지 못한다. 또한 그녀의 자연스럽지 못한 태도가, 억누를 수 없는 사랑을 은폐하기 위한 '외양의 꾸밈'이며 '침묵의 술책' '잔인한 수법'이라는 것을 인식하지 못한다. 그 인식은 오직 이야기를 서술하는 화자 제롬에게서야 가능해진다. 그때 그는,

아! 나는 얼마나 한심한 장님이었던가!(58)

라고 뉘우치지만, 이미 마감된 이야기의 진행을 돌이킬 수 없다.[35] 제롬의 탄식은 쉴 새 없이 불안과 두려움에 사로잡히고, 무모한 열광과 도취에 휩싸이며, 무관심과 무감각에 빠진 그가 '알리사 읽기'에 실패했다는 단적인 증거이다.

35 시스마루는 이 작품에서 사랑의 실패를 전적으로 제롬의 책임으로 돌린다.(A. Cismaru, "Alissa and Mara: Gide's and Claudel's Other 'partie nulle'", *Claudel Studies* 4, 1(1977), pp. 68~75)

알리사의 기만

그러나 '타인 읽기'의 실패는 전적으로 '읽는 자'만의 책임은 아니다. 『좁은 문』에서 타인 읽기를 불가능하게 만드는 것은 읽는 자의 맹목뿐만 아니라 읽히는 자의 기만이기도 하다. 읽히는 자는 거짓과 속임수, 은폐와 위장으로써 끊임없이 읽는 자의 촉수로부터 달아난다. 이 작품에서 알리사는 '외양의 꾸밈'이나 '침묵의 술책' 등 '잔인한 수법'으로 제롬의 읽기를 방해한다. 흥미로운 것은 그러면서 그녀도 제롬과 마찬가지로 불안과 두려움으로부터 헤어나지 못한다는 사실이다.

한 주일 내내 나는 왠지 허전하고 무섭고 불안하고 위축된 마음이 들었어.(123)

만날 날이 가까워올수록, 내 기대는 점점 더 불안한 마음으로 변해가고 있어. 거의 두려움에 가깝다고나 할까.(129)

나는 〔……〕 이상하면서도 뚜렷한 두려움에 사로잡혀 있었어.(148)

제롬의 침묵이 나에게 얼마나 큰 불안을 가져오는지……(183)

나는 기도할 수도 없고, 잠잘 수도 없다. 어두운 정원으로 다시 나가보았다. 내 방에서나, 집 안 어디에서나 나는 무섭기만 했다.(204)

끊임없는 불안과 공포에 사로잡힌 그녀는 제롬과 동일한 것을 느끼면서도 그에게 "그런 말을 하기를 두려워"(138)하며, 자신의 근심을 "일기장에 털어놓을 수밖에 없다"(182). 문제는 동일한 불안과 공포가 제롬에게서는 맹목과 착각을 낳는 반면, 알리사에게서는 의심과 경계심을 낳는다는 데 있다.

도대체 어떤 의심 많은 통찰력으로 인해 그녀는 그토록 경계심을 갖게 되었을까?(137)

쉴 새 없는 불안과 공포, 또한 그것들이 낳는 과도한 의심과 경계심으로 인해 알리사는 작품 속 어느 인물과도 닮지 않은 몸짓과 몸가짐을 갖게 된다. 그녀는 타인과의 대면을 유난히 두려워하며, 그녀의 간접적이고 소극적인 자세는 제롬과의 만남과 헤어짐에서 두드러지게 나타난다.

그녀는 저무는 햇살이 쏟아져 들어오는 창에 등을 돌리고 침대 머리에 꿇어앉아 있었다. 내가 다가가자 그녀는 돌아보

기는 했지만, 일어나려 하지 않았다.(25)

그녀가 처음 나를 본 것은 거울 속에서였다. 그녀는 뒤를
돌아보지도 않고, 얼마 동안 거울 속의 나를 줄곧 바라보았
다.(59)

나를 태운 마차가 멀어져가는 것을 창가에서 바라보며, 그
녀가 내게 작별 인사를 보내는 모습을 나는 보았다.(61)

그녀는 등을 돌린 채 거울을 통해 제롬을 바라보며, 그가
떠날 때도 창가에 몸을 숨기고 멀리서 바라볼 따름이다. 그녀
의 남다른 의심과 경계심은, 보다 상징적으로는, 마지막 퐁그
즈마르의 후원에서 제롬을 대하는 이중적인 자세에서 표현
된다.

그녀는 나를 붙잡으면서 동시에 밀쳐내는 듯, 팔을 뻗어 내
어깨에 두 손을 얹고, 말로는 이루 다 할 수 없는 사랑에 가득
찬 눈으로 한순간 나를 바라보았다.(175)

그녀는 전적으로 붙잡거나, 전적으로 밀쳐내지 않는다. 다
시 말해 붙잡으면서 동시에 밀쳐내는 것이다. 두 팔을 뻗친
그녀의 자세는 창이나 거울과 마찬가지로, 타인을 다가오게

하는 동시에 가로막는 모순적인 역할을 한다. 타인의 근접을 허락하지 않는 그녀의 매몰찬, 혹은 매몰참을 가장하는 태도는 다음 몸짓에서 보다 구체적으로 표현된다.

"추워." 그녀는 일어서더니, 내가 그녀의 팔을 잡을 수 없을 정도로, 숄을 바싹 죄어 몸에 감으면서 말했다.(174)

이처럼 과도한 의심과 경계심에 시달리는 그녀에게, 타인을 피해 몸을 숨기는 것은 자신을 지키기 위한 피치 못할 방법이 되며, 타인에게 들킨다는 것은 곧 자신의 존재를 빼앗기는 것을 의미한다. 극단화하자면 그녀에게 인간관계는 숨기 아니면 들키기이다. 그녀는 끊임없이 문단속을 하며, 타인의 삶까지도 숨기와 들키기의 잣대로 판단한다.

아니! 방문이 닫혀 있지 않았어?(59)

왜 숨어 있었어?(169)

제롬! 들키지 않았지, 웅? 자! 빨리 가! 들키면 안 돼.(26)

도대체 그녀는 숨겨진 것이 드러나는 것에 대한 생래적인 거부감을 지니고 있는 것이다. 그녀는 번역본 가운데서도 "역자의 이름이 들어 있지 않은"(196) 책을 마음에 들어 하며, 요양원에 가서도 자신의 "이름과 주소를 밝히지 않"(206)는다. 또한 제롬에게 비밀을 누설하지 않을 것을 당부하고,[36] 자신이 밝히고 싶지 않은 것에 대해서는 굳게 입을 다물며,[37] 어쩔 수 없이 이야기해야 할 상황에서는 간접적이고 암시적인 방식을 취한다.[38] 뿐만 아니라, 타인에게는 의사 전달 수단으로 사용되는 것이 그녀에게는 은닉 수단이 된다.

　　또한 작품의 평가와 논의, 비평 등이 나에게는 내 생각을 표현하는 방법에 지나지 않는 데 반해, 그녀에게는 모두 자기 생각을 나에게 숨기는 데 이용되는 것처럼 보이기까지 했다.(79)

　그리하여 마침내 그녀는 자신이 제롬을 사랑한다는 사실까지 숨기려 든다.

　　나는 무엇보다, 내가 그를 사랑한다는 것을 그가 알아차리

---

36 "그러고 나서 그녀는 더욱 목소리를 낮추었다. '제롬, 아무한테도 이야기하지 마……'"(26)

37 "물론 나는 신중하게 입을 다물었고, 그 책을 읽었다는 것도 너에게만 이야기하는 거야."(193)

38 제롬에게 보내는 편지에서 그녀는 그들의 혼약에 대해 "네가 제의한 것"(63), "어머니께 해드리지 못해 가슴 아픈 몇 마디 말"(43)이라고 돌려 말함으로써 제롬의 성화를 부추긴다.

지 못하는 가운데, 그를 사랑하고 싶다.(186)

사랑하는 제롬, 나는 언제나 한없는 애정으로 너를 사랑하고 있어. 하지만 이제 다시는 내가 너에게 이런 말을 할 수 없을 거야.(192)

그녀는 자신의 숨겨진 사랑이 드러날까 두려워, 가능한 수단을 통해 제롬과의 만남을 피한다. 이 작품에서 제롬은 끊임없이 알리사의 '피함' '빠져나감' '빠져 달아남'을 한탄한다.

나는 알리사가 슬퍼하는 것이 내가 떠나기 때문이라고 생각했다. 그녀는 나를 피하는 것처럼 보였다.(59)

알리사는 끊임없이 나에게서 빠져나갔다. 그녀가 결코 나를 피하는 것처럼 보이지는 않았다. 그러나 뜻하지 않게 생긴 일이 곧 훨씬 더 급박하고 중요한 의무로서 그녀에게 부과되는 것이었다.(161)

마지막 꼭대기에 이르러서 그녀가 다시 내게서 빠져 달아날 수 있으리라고는 상상조차 못했다.(150)

그녀의 회피가 피치 못할 사정 때문인 것처럼 보이기도 하지만, 이 또한 제롬의 접근을 따돌리려는 교묘한 속임수로 이해해야 할 것이다. 때로 제롬은 자신을 대하는 알리사의 태도에서, 단순한 회피를 넘어 '무시'와 '빈정거림'을 감지하기까지 한다.

그녀는 멍하니 미소를 머금은 채 내 곁을 빨리 지나쳤고, 그러면 나는 조금도 알지 못하는 사람 이상으로 그녀가 내게서 멀리 있다는 느낌을 가졌다. 이따금 그녀의 미소에서 무시하는 듯한 태도, 아니면 적어도 빈정거리는 듯한 태도가 보이는 것 같았으며, 그런 식으로 내 욕망을 따돌리는 데 그녀가 재미를 붙인 듯이 생각되었다……(162)

이처럼 제롬의 고통을 외면하는 알리사의 태도는 가학적인 잔혹함을 지닌다. "두 사람의 삶을 갈라놓은 말들이 〔그의〕 가슴을 찢어질 듯 아프게 한다는 사실을 짐작조차 하지 못한 듯, 그녀는 아주 간단하게 말해버리"(161)며, 그때 그녀의 목소리는 너무도 차분하고 자연스럽기까지 하다. 그녀는 제롬과 쥘리에트의 "이야기가 오직 자신을 대상으로 한다는 것을 모르거나, 모른 척하"(50)며, 그가 "괴로워하는 것을 보지 못했는지, 아니면 못 본 척하는 건지"(161) 애매한 태도를 보임으로써 제롬의 고통을 부채질한다.

그러나 제롬의 "불행을 모르는 척 교묘히 시치미를 떼"(152)

는 알리사의 태도가 고의적이었다는 것은 그녀의 일기에서 미루어 짐작된다.

> 나는 여전히 책을 읽는 척했지만, 이미 아무것도 머리에 들어오지 않았다…… 다행히 그가 눈치채지 못하는 사이 나는 잠시 방에서 나올 수 있었다.(189)

이 작품 곳곳에서 알리사는 아무 일 없었다는 듯이 조용히 책을 읽거나 꽃을 가지런히 하는 일을 계속하지만, 그것은 의도적인 '꾸밈'이나 교묘한 '속임수'에 지나지 않으며, 그녀의 '상냥함' '친절함'은 제롬을 기만하기 위한 수단일 따름이다.

> 그녀가 나를 대하는 태도는 어느 때보다 상냥했다. 그때보다 그녀가 더 친절하고 상냥한 적은 한 번도 없었다. 첫날 나는 그녀의 이런 태도에 거의 속아 넘어갈 뻔했다……(153)

참으로 역설적이게도, 기독교적 완덕(完德)을 추구하는 알리사는 자신의 의도를 실현시키기 위해서나 곤경에서 벗어나기 위해, '침묵의 술책'과 '잔인한 수법'(152) 등 비인간적 수단도 가리지 않는다.

알리사는 자기 동생을 도와준다는 구실로 나와 함께 라틴

어를 배웠다. 그러나 지금 와서 생각해보면 그것은 나를 따라 독서를 계속하기 위한 것이었다.(40)

"정말 몸이 안 좋은 것 같아"하고 알리사는 허둥대며 중얼거렸다.(57)

알리사는 저녁식사 때 나타났지만, 머리가 아프다고 하면서 이내 자리를 떴다.(58)

알리사는 더 이상 참을 수 없어 눈물을 글썽이며, 심한 두통을 핑계 삼아 입을 다물어버렸다.(133)

그녀가 끌어대는 핑계와 구실은 다양하며, 그 가운데 특히 몸의 불편함을 빌미로 삼는 경우가 많다. 이처럼 그녀에게 미덕이라는 목표와 기만이라는 수단은 양립 불가능한 것이 아니다. 그리하여 무감각하고 맹목적인 제롬조차 알리사의 거짓을 거꾸로 읽는 연습을 하게 된다. 가령 다음 편지에서 알리사는 제롬이 그녀를 만나러 오지 않기를 누누이 당부하지만,

하지만 난── 지금은── 네가 곁에 있는 것을 더 이상 바라지 않게 되었어. 솔직히 말할까? 만약 오늘 저녁에라도 네가

온다는 걸 알게 되면…… 나는 도망쳐버릴 거야.(117)

제롬은 그녀의 말을 뒤집어, 그가 오기를 간절히 바라고 있다는 사실을 간파한다.

확신히 알리사는 내가 퐁그즈마르에 가지 않은 것에 대해 고마워하고 있었고, 확실히 그해에는 그녀를 만나러 오지 않기를 당부하고 있었다. 그러나 그녀는 내가 없는 것을 섭섭해 했고, 옆에 있어주기를 바라고 있었다. 한 장 한 장 편지를 넘길 때마다, 나를 부르는 그녀의 한결같은 외침이 들려오고 있었다.(113)

그러나 참으로 당혹스러운 것은 이 같은 거짓이 드러날 때, 다시 말해 제롬이 그녀의 속내 생각을 간파할 때, 알리사는 화를 내며 그를 질책한다는 점이다.

내가 화나는 것은 바로 그 때문이야. 내가 말한 걸 왜 그대로 받아들이지 않지? 사실은 아주 단순한 이야기였는데 말이야……(69)

여기서 단순하다는 것은 겹이 없다는 것, 겉과 속이 다르지 않다는 것을 의미한다. 그러나 사실 알리사의 말은 자신의 거짓을 호도하기 위한 또 다른 거짓말이며, 그것은 그녀의 일기에서도 입증된다.

그가 나와의 사랑을 끊도록 하기 위해, 이미 결심한 대로의 나의 모습을 그에게 보여줄 수 있을까?(198)

이로써 그녀는 자신과 제롬을 동시에 기만하는 이중의 속임수를 쓴다. 즉 자신이 사랑하는 제롬과 갈라섬으로써 자신을 속이고, 자신의 마음과는 다른 태도를 보여줌으로써 제롬을 속이는 것이다. 그러고서 과연 그녀는 자신이 바라던 마음의 평화를 발견할 수 있었던가.

그에게 내가 무슨 말을 할 수 있었던가? 얼마나 부끄럽고, 말도 안 되는 얘기였던가!(199)

오! 마음속으로는 까무러칠 것 같은데도, 무관심과 냉담을 가장할 수 있었던 잔인한 대화⋯⋯(198)

그녀 스스로 부끄러운 거짓말과 잔인한 속임수를 고백하고 있거니와, 이러한 행위들은 '까무러칠 것 같은' 정도로 극심한 고통을 주는 것이다. 그녀는 이 같은 기만을 스스로의 "눈과 입술과 영혼에 가하는 속박"(192)으로 이해한다. 그 속박이 너무나 혹독한 것이어서 더 이상 견디기 어려울 때, 그녀의 '속박된 자아'는 '속박한 자아'를 향해 항거의 몸부림을 하는 것이다.

왜 나 자신을 속여야 할까? 나는 억지로 구실을 만들어, 쥘리에트의 행복을 기뻐하고 있다.(182)

이 얼마나 보잘것없고, 한심한 덕성에 이르렀는가! 그렇다면 나는 나에게 너무 지나친 요구를 하는 것일까? ─ 더 이상 감당할 수 없을 만큼.(197)

나는 무엇을 했던가? 무슨 필요가 있어서, 언제나 그의 앞에서 나의 덕성을 과장하는 것일까? 나의 온 마음이 인정하지 않는 이 덕성이 무슨 가치가 있다는 말인가?(204)

지금까지 그녀가 추구해온 성스러운 미덕이란 자신과 타인에 대한 기만에 바탕을 둔 것이기에 "보잘것없고 한심한 덕"에 지나지 않는다. 그녀는 더 이상 그것을 인정하거나 감내하지 못한다. 그러나 이제 와서 그녀가 그것을 깨달았다 할지라도, 이미 거짓과 속임수에 사로잡힌 그녀에게는 스스로의 과오를 고백할 용기가 없다. 다만 자신의 속뜻을 간파한 제롬이 자신을 허위의 궁지로부터 구출해주기를 간절히 바랄 따름이다. 다음 일기에서 우리는 그녀가 제롬의 구조를 얼마나 애타게 기다리는지 확인할 수 있다.

가엾은 제롬! 그가 약간의 몸짓을 하기만 하면 된다는 것을, 그리고 때로는 내가 그 몸짓을 기다리고 있다는 것을 알기만 한다면……(190)

행복이 여기, 바로 옆에 있으니, 그가 마음만 먹으면…… 손을 뻗치기만 하면 잡을 수 있을 텐데……(192)

그러나 비록 그녀가 자신의 속내를 털어놓으려는 마지막 결심을 한다 하더라도, 그녀의 고백은 적절하지 못한 외부 상황에 의해 좌절되고 만다.

그녀는 당황한 듯이 입술을 바르르 떨며 잠시 내 앞에 서 있었다. 그토록 괴로워하는 모습이 내 가슴을 죄어왔기 때문에, 나는 감히 캐묻지 못했다. 그녀는 내 얼굴을 끌어당기려는 듯이 내 목에 손을 가져왔다. 나는 그녀가 무언가 이야기하고 싶어 한다는 느낌이 들었다. 하지만 그 순간 손님들이 들어왔다. 맥이 풀린 그녀의 손은 아래로 처졌다.(87~88)

결국 알리사는 제롬에게 자신의 본마음을 알리지 못한다.

그러나 죽어가면서 그녀가 자신의 일기를 제롬에게 넘겨줄 생각을 하게 된 것은, 생전에 했어야 할 고백을 사후로 미루는 것으로 볼 수 있을 것이다.[39]

공동의 연극과 환상

그렇다면 '맹목'은 오직 제롬의 몫이고, '기만'은 다만 알리사의 몫일까. 반드시 그렇지만은 않을 것이다. 이 작품에서 제롬의 맹목과 알리사의 기만이 두드러져 보이는 것은 무엇보다 이 작품이 제롬에 의한 '알리사 읽기'의 보고로 구성되어 있기 때문이다. 사실 알리사의 속뜻을 읽기 위해 안달하는 제롬은, 다른 한편으로는 자신의 속뜻을 알리사에게 읽히지 않기 위해, 그녀 못지않게 교묘한 수단을 사용한다.

우선 그는 알리사와 마찬가지로 '숨기'와 '숨기기'에 능하다.[40] 스스로 "내성적이며 자신을 잘 드러내지 않는"(32) 성격이라고 생각하는 그는 알리사에게 보내는 편지에서, 자신의 근심이 드러나지 않도록 "어떤 불평도 하지 않기로 굳게 마음먹"(79)으며, 그녀를 만나 "원한과 사랑으로 가슴이 터

---

39 "이 일기를 불 속에 던져 넣으려는 순간, 어떤 경고 같은 것이 나를 멈추게 했다. 이 일기는 이제 내 것이 아니고, 이 일기를 제롬에게서 빼앗을 권리는 나에게 없으며, 이 일기를 쓴 것도 오직 그를 위해서였다는 생각이 들었다."(207~08)

40 어린 시절 그는 외숙모의 불륜을 목격하고 "들킬까봐 두려워하며 잠시 머뭇거리다 몸을 숨겼"(24)고, 마지막 퐁그즈마르의 후원에서 알리사를 만나던 날, 그녀가 나타나자 "담이 쑥 들어간 곳으로 몸을 숨긴"(168)다.

질 듯"하면서도 되도록 "쌀쌀맞게 말하려고 애씀"(171)다. 또한 그는 쥘리에트에게 모든 얘기를 털어놓으면서도 "알리사에게는 절대로 그런 얘기 안 해. 절대로!" 하고 다짐하는가 하면, 알리사가 그러하듯이 자신의 필요에 따라서는 직접적인 언급을 피하고 암시적으로 이야기한다.[41]

이처럼 자신의 속마음을 숨기는 데 능숙한 그가 아벨과 플랑티에 이모로부터 핀잔을 듣는 것도 무리가 아니다.

사실은, 네 얘기 속에 뭔가 잘 이해 안 되는 것이 있어. 아마도 나한테 다 털어놓지 않은 모양이지.(64)

가엾은 녀석, 좀더 분명하게 설명해야 내가 알아들을 게 아니냐.(82)

일견 제롬의 숨김은 알리사의 경우와 마찬가지로 사랑의 순수성을 지키려는 노력으로 이해될 수도 있다. 그는 알리사로부터 "멀어짐으로써 더욱 그녀에게 어울리는 사람이 되리라 생각"(30)하며, "그녀를 위해 하는 일조차 그녀가 모르게 하는 것이 더 한층 덕행을 닦는 것이라고 생각"(33)한다.[42] 그

---

41 "나는 약혼이라는 말이 너무 노골적이고 거칠게 생각되어, 그 대신 말을 돌려 완곡하게 표현했다."(59)

42 이는 "나는 무엇보다 내가 그를 사랑한다는 것을 그가 알아차리지 못하는 가운

러나 분명한 것은 순수한 목적을 위해 그가 사용하는 수단이 그리 순수하지 못하다는 점이다. 무엇보다 그는 알리사와 마찬가지로 부자연스러운 '외양의 꾸밈'을 자주 하거나,

나는 그녀가 친구를 점심식사에 붙들어두지 않은 것에 대해 짐짓 놀라는 척했다.(131)

걸어가면서 나는 알리사가 내맡긴 손을 잡고 있었는데, 그것이 태연한 척하기 위해서였는지, 아니면 그렇게 함으로써 말하는 것을 대신할 수 있기 때문이었는지 모르겠다.(132)

만약 내가 딴 여자와 결혼을 하더라도, 난 그 여자를 사랑하는 척할 수밖에 없을 거야.(213)

자신이 처한 궁지를 모면하기 위해 갖가지 핑계를 끌어댄다.

우리가 결혼식에 참석하지 않는 편이 낫다고 그녀가 생각하고 있음을 나는 알아차렸다. 그래서 무슨 시험을 핑계 대고서, 축하 편지를 보내는 것으로 인사를 치렀다.(107~08)

데, 그를 사랑하고 싶다"(186)라는 알리사의 말과 같은 맥락에 있다.

하지만 점심식사를 끝내자마자, 나는 곧장 이런저런 핑계를 대고 이모 곁을 떠나 아벨을 만나러 달려갔다.(85)

그러면서도 자신이 소박하고 꾸밈이 없는 인간이라는 그의 믿음에는 변함이 없다. 그가 알리사에게 보낸 편지에서 자신의 무구함을 내세우며 "능숙한 기교를 부리기에는 나는 너무도 너를 사랑해"(138)라고 말하는 것도 같은 맥락에 있다. 하지만 퐁그즈마르의 후원으로 알리사를 찾아가는 그의 모습에서, 우리는 그가 만남의 기교에도 소홀하지 않다는 것을 엿볼 수 있다.

너무 멀리서부터 그녀의 모습을 보지 않으려고, 아니, 내가 다가오는 것을 그녀가 보지 못하게 하려고, 나는 정원의 다른 쪽으로 나 있는, 나뭇가지 아래 공기가 서늘한 그늘진 오솔길을 따라갔다.(142~43)

이처럼 교묘한 제롬의 기교는 그에 뒤지지 않는 알리사의 기교와 어울려, 때로는 형언할 수 없이 아름다운 이중주 혹은 이인무를 만들어낸다.[43] 이를 시간적 순서에 따라 구분하면

---

43 베지몽은 이 행복한 만남을 『좁은 문』에서 이루어지는 세 번의 '에덴 동산으로의 회귀' 가운데 하나로 보고 있다.(M. A. Wégimont, "Trois oasis dans *La Porte étroite de Gide*", *Bulletin des Amis d'André Gide*, XIII, 67〔Juillet 1985〕, pp. 13~30)

다음과 같다.

　i) 내가 가까이 다가가자, 처음엔 돌아보지 않았지만, 억제
하지 못하고 가볍게 몸을 떠는 것으로 보아, 그녀가 내 발소리
를 알아챘다는 것을 짐작할 수 있었다.

　ii) 그러나 내가 꽤 가까이 다가가 지레 겁먹은 듯 걸음을 늦
추자, 그녀는 처음엔 내 쪽으로 얼굴을 돌리지 않고, 뾰로통한
아이처럼 고개를 숙인 채, 꽃을 가득 쥔 손을 거의 등 뒤로 나
를 향해 내밀면서, 오라는 시늉을 해 보였다.

　iii) 그녀의 손짓을 보고 도리어 내가 장난 삼아 멈추어 서
자, 이윽고 그녀는 몸을 돌려 내 쪽으로 몇 걸음 다가오면서
고개를 들었다.(69)

　여기서 알리사와 제롬은 다소 장난스럽고 천진난만한 몸
짓으로 서로를 속이며 한 마당의 짧은 연극[44]을 보여준다. 그
러나 그들이 벌이는 연극이 한결같이 순진한 아이들의 놀이
만은 아니다. 그들은 서로에게 할 수 없는 이야기를 우회적으
로 전달하기 위해 여러 가지 연극적 장치를 고안해낼 만큼 영
악하다.

---

44 '연극'은 이 작품의 주요 주제어들 가운데 하나로서, 주기적으로 발작적인 '연극'
을 벌여 집안을 악몽으로 몰아넣는 알리사의 어머니 뤼실 뷔콜랭과 알리사, 그
리고 제롬을 연결하는 긴밀한 고리가 된다.

불현듯, 조금 전에 정원으로 나가는 것이 보였던 알리사가 어쩌면 원형(圓形)의 네거리에 앉아서, 우리가 하는 얘기를 엿 듣고 있을지 모른다는 생각이 들었다. 내가 직접 대놓고 할 수 없었던 말을 그녀에게 듣게 할 수 있다는 생각이 당장 내 마음을 사로잡았다. 나는 내 자신의 꾀에 신이 나서 목소리를 높여, 내 나이 또래의 다소 과장된 감격을 섞어 "아!" 하고 외치기 시작했다.(54)

우연히 외삼촌과 알리사의 이야기를 엿들은 적이 있는 제롬은 같은 방법으로 자신의 이야기를 알리사가 엿듣게 하는 교묘한 방법을 생각해낸다.[45] 그러나 문제는 알리사 또한 제롬의 연극적 기교를 모방해, 곧바로 제롬에게 사용한다는 사실이다. 즉 그녀는 플랑티에 이모에게 편지를 써 보냄으로써, 자신의 속뜻을 간접적으로 제롬에게 전하는 것이다. 제롬은 그녀가 자신의 기교를 모방하고 있다는 사실은 잊은 채, 그녀

---

45 이러한 연극적 기교는 이 일이 있기 전부터 사용되어왔으며, 알리사 또한 이에 묵시적으로 동의해온 것이 사실이다. "알리사 쪽에서도 이런 장난에 응해주는 것 같았고, 내기 자기 동생에게 그처럼 쾌활하게 이야기하는 것을 즐기는 듯이 보였다. 필경 우리 이야기가 오직 자기를 대상으로 한다는 것을 모르거나, 모른 척하면서 말이다."(50) 그러나 그녀의 동의가 한결같은 것만은 아니다. 때로 그녀는 제롬에게 원망을 퍼붓기도 한다. "너와 나 사이에만 간직하고 있어야 할 것을 쥘리에트나 아벨에게 이야기함으로써, 네가 얼마나 자주 내게 상처를 주었는지 몰라."(137)

의 납득할 수 없는 행동에 노여워한다.

　이 편지의 모든 것이 나를 화나게 했다. 우리 둘만의 사소한
비밀을 그렇게 쉽사리 이모에게 털어놓은 것이나, 그 자연스
러운 어조, 침착함, 진지함, 쾌활함 할 것 없이……(105)

　그러나 아벨의 지적대로 "그녀의 이야기 상대는 바로 〔그〕
이며, 그녀는 〔그〕를 향해 모든 얘기를 하고 있는"(107) 것이
다. 이에 제롬은 아벨의 충고에 따라 "남매간의 정을 겨냥해
로베르에 대해서만 끈질기게 편지를 써 보냄"으로써 "그녀의
머리를 즐겁게 해주는"(107) 또 다른 연극으로 응수한다.
　사실 제롬과 알리사가 벌이는 연극적 장면은 이 작품 곳곳
에서 목격된다.[46] 제6장에서 "사람들이 억지로 강요하는 약혼
자로서의 어울리지 않는 역할"(130)을 맡아 하는 그들은 서
로 "거짓으로 즐거운 체하는 진부한" 대화, "속으로는 저마다
불안을 감춘 억지 활기를 띤"(131) 대화를 한다. 그 부자연스
러운 '희극'이 끝날 때 그들은 안도의 한숨을 내쉬지만, 다른
한편으로는 "설령 모든 일이 〔그들〕에게 유리하게 진행되었

---

46 더불어, 쥘리에트 또한 연극적 제스처에 능숙하다는 사실을 지적해야 하겠다.
　알리사의 말을 빌리자면, 쥘리에트는 "일부러 행복한 척 연극을 해 보이다가
　〔……〕 그 애 자신도 연극에 속아 넘어간 게 아닌가"(124) 할 정도로, 연극적 상
　황 속에 빠져드는 것이다.

다 하더라도, 〔그들〕은 또다시 그런 서먹서먹한 느낌을 꾸며 냈을지 모른다"(134)는 추측을 한다. 그 점에서 다음의 제롬의 말은 의미심장하다.

　지난번 만남은 모든 것이 제대로 맞지 않았다. 그 무대 장치며, 단역 배우들이며, 계절이며, 그리고 우리의 만남을 조심스럽게 준비하지 못하게 만든 열띤 편지 왕래마저 그랬다.(139)

즉 행복하든 불행하든 그들의 만남은 연극적 상황으로 존재하는 것이며, 그에 대한 책임은 두 사람 모두에게 있다. 왜냐하면 "어느 것이 나의 생각인지 분간할 수 없"(194)을 만큼 혼합된 그들의 생각은 이미 실제와 가장, 연극과 현실의 경계를 지워버렸기 때문이다. 그리하여 지난날을 회상하는 시점에서 화자는 돌이킬 수 없는 비극을 초래한 그들 두 사람의 핑계와 겉치레, 위장과 책략을 한탄한다.

　오, 사랑의, 너무도 과도한 사랑의 미묘한 책략이여, 어떤 비밀스런 경로를 통해 우리는 웃음에서 눈물로, 가장 천진한 기쁨에서 까다로운 미덕의 요구로 이끌려 갔던가!(50)

　그 당시 우리를 사로잡고 있었던 것, 즉 우리가 '사색'이라 부르던 것은 보다 오묘한 결합에 대한 핑계, 감정의 위장, 사

랑의 겉치레에 지나지 않은 경우가 많았다.(40)

이처럼 서로가 서로의 읽기를 방해하는 거짓과 속임수의 연극으로 인해, 비유컨대 그들은 서로를 "더욱 굶주리게 하는 허깨비" "끊임없이 물이 빠져나가는 가짜 웅덩이"(110)로 나타나기 십상이다. 그 전에서 "제롬, 〔……〕지금 넌 환상을 사랑하고 있는 거야"(163)라는 알리사의 말[47]은 더욱 의미 있게 다가온다. 즉 그들의 사랑은 "무엇보다 머릿속 사랑이고, 애정과 신뢰에 대한 멋들어진 지적(知的) 집착"(137)일 뿐이다. 마침내 알리사와의 관계가 파국으로 치달을 무렵, 제롬은 자신의 과실을 시인한다.

그래! 어쩌면 그녀의 말이 옳았는지 몰라! 나는 환상에 지나지 않는 것을 애지중지했던 거야.(165)

결국 『좁은 문』의 비극은 타인 읽기의 실패에서 비롯된 것으로 볼 수 있다. 이 작품에서 제롬은 알리사의 속뜻과, 자신에 대한 알리사의 생각을 제대로 파악하지 못함으로써 두 사람의 불행을 초래한다. 문제는 알리사 읽기의 실패가 제롬의

---

47 알리사의 말은 그녀 자신에게도 적용된다. 제롬과 같이, 혹은 제롬 이상으로 공상적이며 쉽사리 환각에 사로잡히는 그녀에게 현실과 환상의 경계는 존재하지 않는다.

책임만은 아니라는 점이다. 불안과 도취에서 싹튼 제롬의 맹목성은 가장과 술책에 능한 알리사의 기만으로 심화되며, 영악한 알리사의 제롬 읽기 또한 같은 전말을 겪게 되는 것이다. 즉 제롬은 알리사 못지않은 기만술로 그녀가 자신의 속마음을 읽어내는 것을 방해한다.

요컨대 제롬과 알리사는 공동의 평계와 겉치례, 위장과 책략으로 서로의 읽기를 좌절시킴으로써 그들의 비극을 자초하는 것이다. 그 점에서 맹목적이면서 동시에 기만적인 제롬은 알리사 못지않게 이 작품의 진정한 주역일 수 있으며,[48] 스스로 미덕을 추구하면서 동시에 기만적 수단을 가리지 않는 알리사는 진정한 성녀라고만 볼 수 없을 것이며, 그녀의 숭고한 모습뿐 아니라 부정적인 면모까지 숨김없이 드러난다는 점에서 이 작품이 교화적인 의도에서 쓰였다고만 볼 수 없을 것이다.

---

[48] 레비는 이 작품의 진정한 주역을 제롬으로 설정할 때, 보다 일관성 있게 비극적 전말을 설명할 수 있다고 생각한다.(H. Lévy, "Jérôme agoniste, ou *La Porte étroite*, chef-d'œuvre détourné", *Bulletin des Amis d'André Gide* 8, 46(Avr. 1980), pp. 197~206)

『좁은 문』에서의 알리사의 흰옷

흰옷의 알리사

『좁은 문』이 발표된 이래 이 작품에 대한 논의의 초점은 알리사가 누구인가라는 질문에 있어왔다. 과연 그녀는 '진정한 성녀'인가, '광적 신비가'인가. 그러나 이에 대한 단정적인 논의는 동어 반복적 논리에 맴돌 뿐, 작품의 심층적 이해에 별반 기여하지 못한 것이 사실이다. 오히려 이 작품의 탁월성은 여하한 도식적 논의를 넘어서 있으며, 바로 그 때문에 다양한 창조적 접근이 가능하다는 점에 있다.

사실적 묘사의 쇄말주의에서 벗어나 고전적 단순성을 띠는 이 작품에서, 여러 주제들은 그 때문에 오히려 풍부한 암시성과 상징성을 지닌다.[49] 강렬한 시적 의미와 기능적 역할을 띠는 주제들은 사건의 전개를 예고하고 인물의 심리를 표출함으로써 작품의 의미를 심화시킨다.[50] 불투명한 작가의 메시지는 주제들 내부의 대립으로 육화되고, 주제들의 불투명성은 다시 작가의 메시지를 더욱 풍요롭게 반향한다.

이 연구는 주제적 측면에서 『좁은 문』의 풍부성이 어떻게 확대 재생산되는가를 밝히는 데 그 주안점을 둔다. 달리 말하자면 복잡다단한 주제들의 구성 방식을 검토함으로써 여주인공 알리사의 모호성이 작가의 글쓰기의 필연적 귀결이며, 작품의 의미를 풍요롭게 하는 기제가 되고 있음을 드러내는 것이다. 이 작품에서 알리사의 모호성을 추적하기 위해 우리가 택한 실마리는 제7장 앞머리에서 그녀가 입고 나타나는 '흰옷'이다.

나는 그녀 앞에서 무릎을 꿇고 싶었다. 한 발짝 앞으로 나는 다가섰다. 그러자 그녀도 내 발소리를 들었다. 그녀는 수(繡)놓던 것을 땅바닥에 뒹굴도록 내버려둔 채 황급히 일어나서, 내게 두 팔을 내밀고 내 어깨 위에 손을 얹었다. 잠시 우리는 그

---

49 J. Mallion et H. Baudin, édition commentée et annotée de *La Porte étroite*, Bordas, 1972, p. 139; Cl.-A. Chevalier, *La Porte étroite, André Gide*, coll. Balises, Nathan, 1993, p. 65 참조.

50 그 주제들은 작품 곳곳에서 사건과 장면의 전개에 따라 다채롭게 굴절되며, 작중 인물의 내면 세계를 구상화함으로써, 심리 분석에 치중하는 이 소설에 밀도를 부여한다.

렇게 서 있었다. 그녀는 두 팔을 내민 채, 미소 띤 얼굴을 갸웃이 숙이고서, 말없이 다정스레 나를 바라보았다. 그녀는 온통 새하얀 옷차림이었다. 나는 지나치리만큼 진지한 그녀의 얼굴에서, 옛날 그 어린애 같은 미소를 찾아볼 수 있었다.(143)

여기서 알리사의 흰옷은 i) 그녀가 제롬을 기다리며 하고 있던 수놓기, ii) 그의 어깨에 두 손을 얹은 채 거리를 둔 자세, iii) 과도하게 진지하면서도 어린애같이 순진무구한 표정 등과 어울려, 재회의 순간 그녀의 심리적 정황을 상징적으로 드러낸다. 앞질러 말하자면 그녀가 열중하던 수놓기는 숨김과 꾸밈의 도구인 '옷'에 대한 관심과 연관되며, 직접적 만남과 접촉을 허락하지 않는 그녀의 자세는 옷에 의해 은폐되고 구속되는 '몸'에 대한 강박적 사고와 무관하지 않고, 그녀가 입은 옷의 '흰빛'은 천진난만한 그녀의 표정과 떼어놓고 생각할 수 없다.

요컨대 알리사가 입은 흰옷의 함의는 옷/몸의 대리 보충적 관계와 흰빛의 상징적 의미를 규명함으로써 이해될 것이며, 이는 『좁은 문』에서 알리사를 둘러싼 여러 인물들과의 비교 대조를 통해 가능할 것이다.

옷과 몸 사이

『좁은 문』에서 '옷'이라는 주제가 갖는 중요성은 이 작품의 도입부에서부터 옷과 관련된 요소들이 나타난다는 점에서도 짐작된다. 어린 시절을 돌이켜보는 성년의 화자에게 어머니와 그녀의 친구 미스 애시버튼은 언제나 검은 상복을 입고 있으며, 그가 기억하는 최초의 에피소드 또한 어머니의 모자에 달린 리본의 빛깔에 관한 대화이다. 또한 어린 제롬에게 '경탄'과 '두려움'의 대상이었던 외숙모 뤼실 뷔콜랭의 성격이 드러나는 것도 제롬 어머니의 검은 상복과 극명한 대조를 이루는 그녀의 '화사한 옷차림'을 통해서이다. 화자의 첫 기억에 그녀는 엷고 부드러운 모슬린 옷에 빨간 숄을 둘렀으며, 이처럼 감각적이고 관능적인 차림새는 검은 벨벳으로 만들어진 목걸이와 과일향이 풍기는 손수건 등과 더불어 그녀의 관능적인 품성을 환기시키는 것이다. 문제는 뤼실 뷔콜랭의 옷이 화려하게 몸을 장식할 뿐만 아니라, 교묘하게 몸을 노출시키고 있다는 점이다.

내가 외숙모를 본 것은 여름방학 때뿐이었다. 그녀는 늘 내 눈에 익은, 가볍고 목이 깊이 파인 옷옷을 입고 있었는데, 아마도 여름 무더위 때문이었을 것이다. 사실 그녀의 드러난 어깨 위에 걸쳐진 숄의 요란한 빛깔보다 더 어머니 눈에 거슬린 것은 가슴을 훤히 드러내는 그녀의 옷차림새였던 것이다.(14)

비록 그 시절의 초상화 속에서 그녀가 '가슴 부분의 파인

곳'을 이탈리아식 모자이크 메달로 가리고 있었지만, 깊이 파여 맨살이 드러나는 옷차림은 무더운 날씨를 핑계로 한 고의적인 노출로 볼 수 있다. 역설적으로 말하자면, 그녀에게 옷은 몸을 드러내기 위한 수단이 되는 것이다. 몸을 가리는 것이 옷의 본래 역할이라면, 그녀는 오히려 숨겨진 몸을 드러내는 데 옷을 이용하는 것이다. 나아가 그녀는 감춰진 몸을 엿보기 위해 타인의 옷을 훼손하기까지 한다. 어린 제롬의 몸을 탐색하는 그녀의 손에, 제롬의 옷은 쉽게 찢겨 나간다.

그녀는 한 손으로 내 손을 잡고, 다른 손으로 내 뺨을 어루만졌다. "어쩌면 네 엄마는 이렇게 옷을 흉하게 입히니, 가엾은 녀석!……" 나는 그때 큰 칼라가 달린 세일러복 같은 것을 입고 있었는데, 외숙모는 그것을 구기기 시작했다. "세일러복 칼라는 좀더 젖혀야 해!" 하고 내 셔츠의 단추를 하나 풀면서 그녀는 말했다. "자, 보렴! 이렇게 하는 게 훨씬 더 낫잖니!" 그러고는 그녀의 작은 거울을 꺼내더니, 내 얼굴을 자기 얼굴 가까이 끌어당겼다. 그녀는 맨살이 드러난 팔로 내 목을 감고서, 반쯤 젖혀진 내 셔츠 속으로 손을 집어넣고, 웃으면서 간지럽지 않으냐고 묻고는, 더욱 깊숙이 손을 뻗쳐갔다…… 내가 놀라 갑자기 펄쩍 뛰는 바람에, 세일러복은 찢어져버렸다.(19)

다소 길게 인용된 위 대목에서 옷과 몸의 대리 보충적 관계가 끔찍하게 드러난다. 몸을 숨기는 단정한 차림새는 뤼실 뷔콜랭에게 오히려 '흉한' 것으로 보인다. 그녀가 제롬의 옷 단추를 풀고 칼라를 뒤로 젖히는 것은 그녀 자신이 목이 깊이 파인 옷을 입고 훤히 가슴을 드러내는 것과 동일한 취향의 가학적 면모일 따름이다. 음란한 그녀의 손길에 세일러복이 구겨지고 찢어지는 것은 제롬의 옷이 몸을 은폐하고 방어하는 데 무력하다는 것을 의미한다.

『좁은 문』에서 뤼실 뷔콜랭의 딸 알리사가 유난히 옷과 관련된 것들에 마음을 쏟는 것도 옷과 몸의 대리 보충적 관계에 대한 무의식적 사고에서 오는 것이라 볼 수 있다. 옷에 대한 그녀의 집착은 아마도 그녀 어머니의 애욕과 방탕에 대한 '반동 형성'에서 오는 것이리라. 그녀의 관심사는 끊임없이 옷을 이용해 몸을 숨기는 것이며, 이 작품에서 그녀가 틈날 때마다 바느질이나 수놓기에 몰두하는 것도 그와 무관하지 않다.[51]

그녀는 우리와 좀 떨어져 창가 한구석에 앉아, 수를 놓는 데 만 열중한 듯 입술을 움직여가며 바늘코를 세고 있었다.(65)

그녀는 아버지와 함께 집 앞 벤치에 앉아 전날 저녁에도 했

---

[51] 또한 그녀는 사물에 옷을 입히는 일에도 등한하지 않다. "그녀는 안락의자 덮개의 치수를 재는 데 정신이 팔린 듯, 한동안 그늘진 쪽으로 몸을 기울이고 있더니, 갑자기 방을 나가버렸다."(154)

던 바느질을, 아니 바느질이라기보다는 꿰매어 깁는 일을 다시 시작했다. 그녀는 자기 옆 벤치나 테이블 위에, 해어진 긴 양말과 짧은 양말이 가득 든 큰 바구니를 놓아두고, 거기서 줄곧 일감을 꺼내곤 했다.(154)

이 작품의 후반에서, 그녀는 책읽기를 포함한 모든 지적 활동에 흥미를 잃고 오로지 수놓기와 바느질에만 열중하며, 이를 안타깝게 여기는 제롬에게 "그보다 더 재미있는 일은 없으며, 〔……〕 다른 일을 하는 재주는 다 잊어버린 것 같다"(155)고 말한다. 이 같은 강박적 수놓기와 바느질은 숨김과 가림에 대한 집착의 위장된 형태로 이해될 수 있다. 옷에 대한 강박관념은 그녀가 요양원에서 마지막 숨을 거둘 때까지 계속된다.

아주 늙어버린 듯 지쳐 있으면서도, 내 영혼은 야릇한 어린애 같은 성향을 간직하고 있다. 아직도 나는 방 안에 모든 것이 정돈되고, 벗어놓은 옷이 침대 머리맡에 가지런히 개어져 있어야 잠이 들던 소녀 때의 나와 똑같다. 죽음도 이렇게 맞이하고 싶다.(207)

죽음에 이르는 순간까지도 옷을 정돈해야 잠들 수 있는 알리사의 결벽증은 평소 모든 것을 가지런히 하는 그녀의 성격과 무관하지 않다.[52] 바로 그러한 성격으로 인해, 제롬의 눈에 비친 그녀의 방은 "질서와 단정함과 고요함"(156)으로 가득 차 있는 것이다. 또한 옷에 대한 강박관념은 그녀가 인용하는 성서의 한 구절과도 연관된다.

　'들에 핀 백합화를 보아라……' 오늘 아침 너무도 단순한 이 말씀이 도무지 벗어날 길 없는 슬픔 속에 나를 잠기게 했다. 〔……〕'들에 핀 백합화……', 하오나, 주여, 백합화는 어디에 있나이까?(197~98)

'길쌈'을 하지 않는 꽃으로 이야기되는 백합화[53]는 그녀에게 더 이상 수놓기와 바느질이 필요하지 않은 삶, 즉 옷에 대한 집착으로부터 완전히 자유로워진 상태를 의미한다. 그 집착은 그녀의 어머니 뤼실 뷔콜랭과는 반대로, 끊임없이 자신의 몸을 타인의 시선으로부터 가려야 한다는 무의식적 사고에서 나오는 것이다. 하지만 극도의 조심성에도 불구하고, 그녀의 몸 일부는 옷에서 비어져 나온다.

---

52 "그녀는 내가 괴로워하는 걸 보지 못했는지, 아니면 못 본 척하는 건지, 조용히 꽃을 가지런히 하는 일만 계속했다."(161)

53 "어찌하여 너희는 옷 걱정을 하느냐? 들의 백합화가 어떻게 자라나는지 살펴보아라. 수고도 하지 않고 길쌈도 하지 않는다."(마태 6:26)

나는 소파에 앉아 있었다. 아니, 앉아 있었다기보다는— 내
게는 좀처럼 없던 일이지만 — 드러누워 있었는데, 〔……〕 등
갓이 내 눈과 윗몸을 불빛으로부터 가려주고 있었다. 나는 옷
에서 비죽이 나와 램프 불빛에 드러나 있는 발끝을 무심히 바
라보고 있었다.(188)

"옷에서 비죽이 나와" 불빛에 드러난 발처럼, 그녀의 몸은
부단한 옷의 단속에도 불구하고 밖으로 비어져 나온다. 그런
점에서, 소파에 드러누운 그녀의 자세가 그녀 아버지에게 어
머니 뤼실 뷔콜랭을 떠올리게 하고,[54] 그녀 또한 그맘때 어머
니를 생각하고 있었다는 것은 우연한 일이 아니다. 뿐만 아니
라 그 일이 있기 전, 제롬이 몸을 굽혀 그녀의 어깨 너머로 책
을 읽을 때 그녀가 느낀 그의 숨결과 떨림, 그리고 "너무도 야
릇한 마음의 혼란"은 옷으로는 은폐할 수 없는 몸의 도저한
충동을 시사한다. 그녀는 의식적으로 몸의 노출을 거부하지
만, 그녀 자신의 고백에서 드러나는 것처럼 몸에 대한 거부는
위장된 갈망의 한 형태라 볼 수 있다.

---

54 이 작품에서 뤼실 뷔콜랭이 보여주는 전형적인 자세는 누워 있는 모습이다. "커
튼이 가려져 있었지만, 두 개의 큰 촛대에 꽂힌 촛불이 아름다운 밝은 빛을 밝히
는 방 한가운데, 외숙모가 긴 의자에 누워 있는 것이 보였다."(24) 이에 반해 같
은 시간 알리사는 꿇어앉은 모습을 보여준다. "그녀는 저무는 햇살이 쏟아져 들
어오는 창에 등을 돌리고 침대 머리에 꿇어앉아 있었다."(25)

가엾은 제롬! 그가 약간의 몸짓을 하기만 하면 된다는 것을, 그리고 때로는 내가 그 몸짓을 기다리고 있다는 것을 알기만 한다면……(190)

행복이 여기, 바로 옆에 있으니, 그가 마음만 먹으면…… 손을 뻗치기만 해도 잡을 수 있을 텐데……(192)

스스로는 열 수 없는 몸이 제롬의 몸짓으로 열리기를 고대하는 그녀에게, 행복이란 몸과 몸의 만남을 통해서만 가능한 것이다. 끊임없이 몸을 가리고 감추면서도 내심 그녀가 바라는 것은 오직 "그의 손에 손을 맡기고, 그의 어깨에 이마를 기대고, 그의 곁에서 숨 쉬는"(202) 것이다. 하지만 몸에 대한 갈망은 다시금 몸에 대한 거부를 불러일으키며, 갈망과 거부의 양극단 어디에도 그녀는 머무를 수 없다. 그녀가 제롬을 만날 때마다 취하는 특징적인 자세는 그 어느 쪽도 선택하거나 포기하지 못하는 그녀의 심리적 혼란을 상징적으로 드러낸다.

그녀는 나를 붙잡으면서 동시에 밀쳐내는 듯, 팔을 뻗어 내 어깨에 두 손을 얹고, 말로는 이루 다 할 수 없는 사랑에 가득 찬 눈으로, 한순간 나를 바라보았다.(175)

두 팔을 뻗어 제롬의 어깨에 얹고, "붙잡으면서 동시에 밀쳐내는" 알리사의 자세는 몸에 대한 그녀의 양가감정을 교묘하게 암시하고 있다. 그러나 이 작품의 결말이 뚜렷하게 보여주듯이, 몸의 갈망과 거부가 일으키는 첨예한 갈등은 알리사의 도덕주의 혹은 청교도주의의 승리로 종결된다. 보다 정확히 말하자면, 그녀에게 몸의 갈망은 몸의 거부에 대한 일시적인 도발이며 실패한 반역에 불과하다.[55] 실상 그녀는 제롬을 "밀치면서 가만히 몸을 빼내"(61)며, "꺼끌꺼끌한 천으로 된 칙칙한 빛깔의 어울리지 않는 블라우스"로 자신의 "몸매의 섬세한 곡선을 뒤틀어놓는다"(153). 그녀는 자신의 몸을 은폐하고 왜곡하기 위해 옷을 이용할 뿐 아니라, 자신의 옷으로 타인의 몸의 접근을 차단하기까지 한다.[56]

"추워." 그녀는 일어서더니, 내가 그녀의 팔을 잡을 수 없을 정도로, 숄을 바싹 죄어 몸에 감으면서 말했다.(174)

이처럼 옷에 의해 죄어지고 뒤틀어진 몸[57]이 활기에 차 있

---

55 비록 실패한 모반에 불과할지라도, 몸에 대한 갈망은 알리사의 도덕주의가 결정적으로 승리한 후에도 여전히 지속된다. "아직도 나는 그를 느끼고 있다. 〔……〕 내 손, 내 입술은 어둠 속에서 헛되이 그를 찾는다……"(204)

56 비유적으로 말하자면 옷은 보티에 목사의 설교를 들으며 제롬이 상상하는 '압연기(壓延機)'(29)와 같다. 금속을 눌러 펴는 압연기와 마찬가지로 옷은 몸의 관능성을 철저히 억압하는 것이다.

57 이 작품에서 "폐광이 된 이회암(泥灰岩) 채굴터"(12), "잦은 바다 안개 때문에 푸릇한 채로 떨어진 열매들"(35), "퇴색해 향기를 잃은 정원"(128), "죽은 나무가

188

을 리 없다. 그녀의 몸은 "휘청거리며 벽난로에 기대"(59)고, 그녀의 얼굴은 "이상하리만큼 창백해지"(146)며, "야위고 파리해진 그녀의 모습"(170)은 주위 사람들의 마음을 아프게 한다.[58] 그녀는 끊임없이 두통을 호소하거나 핑계로 삼는다.

얼마 전부터 몸이 좀 좋지 않아. 아! 하지만 대수로운 건 아냐. 그저 네가 오기를 너무 고대하고 있었나 봐.(128)

"정말 몸이 안 좋은 것 같아" 하고 알리사는 허둥대며 중얼거렸다. 〔……〕 알리사는 저녁식사 때 나타났지만, 머리가 아프다고 하면서 이내 자리를 떴다.(56~57)

알리사는 더 이상 참을 수 없어 눈물을 글썽거리며, 심한 두통을 핑계 삼아 입을 다물어버렸다.(134)

그리하여 행복의 약속으로 여겨지던 몸은 고통의 진원으로 바뀌고, 알리사의 마음은 애물 덩어리인 몸과 철저히 분리

뒤엉킨 장미나무"(145), "끔찍할 정도로 헐벗은 요양원의 벽"(209) 등은 도덕주의로 인해 황폐화된 알리사의 몸을 은유한다고 볼 수 있다.

58 특히 핏기 없이 떨리는 그녀의 입술은 인상적이다. "그녀는 당황한 듯이 입술을 바르르 떨며 내 앞에 서 있었다"(87), "나는 그녀의 핏기 없는 입술이 떨리는 것을 보았다"(164), "그녀는 말을 계속하려고 안간힘을 썼다. 그녀의 입술은 흐느껴 우는 아이의 입술처럼 떨고 있었다"(172).

된다. 그녀는 몸을 남겨두고 떠나는 마음의 여행을 실제의 것으로 믿으며, 그녀와의 이별을 아쉬워하는 제롬에게 "내가 이탈리아에서 너와 함께 있지 않았니? 〔……〕 단 하루도 난 너를 떠난 적이 없어"(119)라고 터무니없는 항변을 한다. 이제 몸은 사랑의 담보가 아니라 걸림돌이기에, 그녀는 제롬과의 만남을 완강하게 회피한다.

하지만 그 사랑은 절망적인 것이었어. 왜냐하면 아무래도 고백할 수밖에 없지만, 나는 너와 멀리 떨어져 있을 때, 더욱 너를 사랑할 수 있었으니까.(136)

네가 곁에 있을지라도 이보다 더 너를 생각할 수는 없을 거야. 너를 힘들게 하고 싶지는 않아. 하지만 난—지금은—네가 곁에 있는 것을 더 이상 바라지 않게 되었어. 솔직히 말할까? 만약 오늘 저녁에라도 네가 온다는 걸 알게 되면…… 나는 도망쳐버릴 거야.(117)

하느님이 마련해놓으신 '더 좋은 것'(175), '다른 종류의 행복'(149)을 차지하기 위해, 그녀에게 몸의 억압은 필수적이다. 몸은 옷을 통해 은폐되고 축소될 뿐 아니라 궁극적으로 제거되어야 한다. 그때서야 비로소 몸이 개입되지 않은 영혼들 사이에 '백색 결혼mariage blanc'이 이루어질 것이며, 그녀가 입은 옷의 '흰빛'은 그 순결한 혼례의 빛깔이 될 것이다.

적과 흑 사이

알리사가 입은 흰옷의 의미를 보다 깊이 추적하기 위해, 서두에서 인용한 문장으로 돌아가보자. "그녀는 온통 새하얀 옷차림이었다. 나는 지나치리만큼 진지한 그녀의 얼굴에서, 옛날의 그 어린애 같은 미소를 찾아볼 수 있었다."(146) 여기서 화자는 알리사의 옷이 '온통 새하얗다'라고 강조하면서, 그 흰빛과 어린애처럼 순수한 표정을 연관 짓고 있다.

사실 그 도저한 흰빛은 "아무런 꾸밈도 없는 그녀의 영혼 속에서는 모든 것이 가장 자연스러운 아름다움을 띠고 있었다"(34)는 제롬의 회상에서나, "이 방은 마음에 든다. 벽은 티 없이 깨끗한 상태로, 다른 장식이 필요치 않다"(206)는 죽기 직전 알리사의 일기에서 짐작되듯이, 극단적으로 염결한 그녀의 성격을 암시한다. 그런 점에서 이탈리아 여행 중인 제롬에게 보낸 편지에, 그녀가 "정말 나는 너와 함께 움브리아의 하얀 길 위에 서 있는 것 같아"(114)라고 쓴 것은 예사롭게 보이지 않는다. 그 '흰빛' 길은 바로 그녀가 걸어가야 할 티 없고 꾸밈없는 삶의 길을 가리킬 수 있기 때문이다.[59]

***

[59] 이 작품에서 '흰빛'이 처음 나타나는 것은 퐁그즈마르 저택의 묘사에서이다. "그 다지 크지도 않고 멋있지도 않으며, 노르망디 지방의 다른 정원들과 별 차이가 없는 정원을 가진 뷔콜랭 외삼촌 집은 흰빛 3층 건물로서, 18세기 많은 시골

그러나 알리사 옷의 흰빛이 단지 단순 소박한 정신의 염결성만을 의미하는 것은 아니다. 흰빛의 풍부한 함의가 드러나는 것은 뤼실 뷔콜랭이 집을 나간 후, 보티에 목사의 설교를 들으며 제롬이 펼치는 몽상에서이다. 여기서 그는 흰옷 차림으로 서로 손을 맞잡고 천상의 기쁨을 향해 '좁은 문'으로 들어가는 자신과 알리사의 모습을 그려본다.

우리 둘은 묵시록에서 이야기하는 흰옷을 입고, 서로 손잡고, 같은 목표를 바라보며 나아가고 있었다.(29)

알리사와 함께 영원한 생명의 문으로 들어가는 그는 "순수하고 신비롭고 천사의" 것과도 같은 기쁨을 느낀다. 온갖 비애와 고행을 넘어선 그 기쁨은 그러나 단지 행복한 것만은 아니어서, "날카로우면서도 부드러운" 바이올린 선율처럼 평화와 고통을 동시에 가져다주고, 급기야는 두 연인의 마음을 불태워버리는 '격렬한 불꽃'처럼 생각된다. 이 대목에서, 천상적인 기쁨에 대한 화자의 표현은 알리사의 흰옷에 대해서도 동일하게 적용될 수 있다. 즉 그녀의 흰옷은 고통스러운 정화

집들과 비슷했다."(11) 물론 여기서 흰빛의 의미는 뚜렷하게 드러나지 않지만, 집 뒤 정원의 '어두운 길'이나 채소밭의 '비밀문'과 더불어, 이후 알리사가 살아가야 할 가파른 삶을 예고하는 것으로 볼 수 있다. 이하 빛깔들의 상징적 의미에 대해서는 J. E. Cirlot, *A dictionary of symbols*, Philosophical Library, 1962; J. Chevalier et A. Gheerbrant, *Dictionnaire des symboles*, Robert Laffont, 1982 참조.

를 통해 지상의 모든 애착으로부터 벗어나, 마침내 천국으로 들어가는 선택된 사람들의 옷이다. 그것은 바로 「묵시록」에서 이야기하는 흰옷이다.

너는 내가 어느 시간에 너에게 올지 알지 못할 것이다. 그러나 사르디스 너에게는 자기 옷을 더럽히지 않은 사람 몇몇이 있다. 그들은 흰옷을 입고 나와 함께 거닐 것이니 그들은 자격이 있기 때문이다. 승리하는 이는 이와 같이 흰옷을 차려입을 것이다. 나는 생명의 책에서 그의 이름을 지워버리지 않을 것이고, 나의 아버지와 그분의 천사들 앞에서 그의 이름을 안다고 말할 것이다.(3:4~6)[60]

옷을 더럽힌다는 것은 악에 물든다는 말의 비유적 표현이다. 이에 반해 '흰옷'은 부활과 영광을 의미한다. 흰옷은 그 눈

---

60 괄호 속의 숫자는 『200주년 신약성서 주해』(분도출판사, 2001)에 번역된 「묵시록」의 장절수(章節數)이다. 실제로 초현실적이고 몽환적인 비전을 그려 보이는 「묵시록」은 지나칠 정도의 흰빛으로 가득 차 있다. 우선 '그'로 지칭되는 구세주의 머리카락은 "눈같이 희"며(1:17) 그가 탄 말은 '흰 말'이다(19:11). 그가 입은 옷은 당연히 '흰옷'이며, 하늘의 군대가 "흰 모시옷을 입고 흰 말을 타고"(19:14) 그의 뒤를 따른다. 그의 옥좌 주위에는 "흰옷을 걸쳐 입은"(4:4) 스물네 명의 원로들이 앉아 있고, 모든 민족과 언어에서 나온 사람들이 '흰 예복 차림'(7:9)으로 옥좌를 둘러싼다. 그는 벌거벗은 수치를 드러내지 않으려거든 "흰옷을 사라"(3:18)고 권고하고, 세상의 악과 싸워 승리한 사람들에게 '흰 돌'(2:17)을 주며, 자기가 다짐한 증언 때문에 살해된 사람들에게 '흰 예복'(6:9~11)을 나누어 준다. 그 옷은 바로 '어린양'인 자신의 피로 "희게 빤"(7:14) 옷이다.

부심 때문에 하나님과 천사들, 그리고 선택된 사람들의 옷이며, 그 옷의 흰빛은 천상에서 복된 삶을 누리게 될 의인들의 영적 생명을 뜻하는 것이다.[61] 비록 「묵시록」을 원용하지 않더라도, '성스러움'과 '초월적 완전성'이라는 흰빛의 상징적 의미는 이 작품에 등장하는 다른 인물들이 입은 옷 빛깔과의 대비를 통해 분명해진다. 위에서 인용한 세롬의 몽상 바로 앞부분은 흰옷과 다른 옷들의 차별적 의미를 간파하기 위한 단서가 된다.

"그리로 들어가는 자가 많고" 목사님은 말씀을 계속했다. 그분이 묘사를 해나감에 따라, 나는 화려한 옷을 입고 웃어대며 즐겁게 떼를 지어 앞으로 나아가는 한 무리의 사람들을 보는 듯했다.(28)

흰옷을 입고 좁은 문으로 들어가는 두 연인과는 대조적으로, 즐겁게 무리 지어 넓은 문으로 들어서는 사람들은 모두 화려한 차림새이다. 그들의 웃음과 즐거움은 "불쾌하고 모욕적"이며, 끔찍하게 과장된 '죄악의 모습'으로 비친다. 이는 "순수하고 신비롭고 천사의"것과도 같은 두 연인의 기쁨과 대조적이다. 그 쾌활한 무리들은 뤼실 뷔콜랭처럼 지상적 행

61 *ibid.*, pp. 1350~1351 참조.

복과 육체적 향락을 추구하는 부류이며, 그들의 화려한 차림새 또한 그녀의 옷차림에서 미루어 짐작할 수 있다.

내가 기억하기로는 우리가 도착한 그날 뤼실 뷔콜랭은 엷고 부드러운 모슬린 옷을 입고 있었다. 언제나 그렇듯이 중재 역을 맡은 미스 애시버튼은 어머니를 진정시키려고 애썼다. 그녀는 조심스럽게 주장을 폈다. "어쨌든 흰옷도 상복이잖아요." "그럼, 그 여자가 어깨에 두른 빨간 숄도 상복이라 하겠네? 플로라, 당신은 내 화를 돋우고 있어요!" 하고 어머니가 소리쳤다.(14)

그녀는 목이 깊이 파인 웃옷에, 가슴을 드러낸 채 '요란한 빛깔'의 숄[62]을 두른다. 비록 화자가 따로 언급하고 있지 않지만, 뤼실 뷔콜랭이 두른 숄의 '붉은빛'이 알리사가 입은 옷의 '흰빛'과 마찬가지로 묵시록적인 의미를 띠리라는 것은 어렵지 않게 짐작할 수 있다.

---

62 그 '빨간 숄'이 육체적 욕망과 관능적 쾌락을 뜻한다는 것은 뤼실 뷔콜랭과 그녀의 정부(情夫)인 젊은 장교가 벌이는 '우스꽝스러운 연극'에서 그것이 사용된다는 점에서도 짐작된다. "젊은이가 담배를 주우려고 달려들다가 숄에 걸려 발이 걸린 척하면서, 외숙모 앞에 무릎을 꿇고 주저앉았다……"(25) 그러나 앞서 살펴본 바와 같이, 이 작품의 후반에서 알리사의 숄은 제롬의 접근을 결정적으로 차단하는 데 이용된다.

거기서 나는 붉은 짐승 위에 올라탄 여자 하나를 발견했는데, 그 짐승의 몸에는 하느님을 모독하는 이름들이 가득했고, 또한 그 짐승의 머리는 일곱이고 뿔이 열 개나 되었다. 이 여자는 자줏빛과 붉은빛 옷을 입고, 금과 보석과 진주로 꾸미고, 흉물스러운 것들과 자기 음행(淫行)의 더러운 것으로 가득 찬 금잔(金盞)을 손에 들고 있었다.(17:3~4)

붉은빛 옷을 입고 붉은빛[63] 짐승 위에 올라탄 그 여자는 세상의 모든 "창녀들과 가증스러운 것들의 어미"로서, 지상의 왕들을 타락시키고 뭇사람들을 '음행의 술'로 도취시킨, '바빌론'이라는 우의적(寓意的) 이름의 창녀이다.『좁은 문』에서 소심한 남편을 배반하고 자녀들 앞에서 음란한 행위를 서슴지 않는 뤼실 뷔콜랭은 성서 속 고대 창녀의 대리적 구현이며, 그녀가 어깨에 두른 숄의 붉은빛은 성적 쾌락과 도덕적 타락을 상징한다고 볼 수 있다.

또 하나 지적해야 할 것은 뤼실 뷔콜랭의 붉은빛이 순수하고 신비로운 알리사의 흰빛뿐만 아니라, 죽음을 표상하는 검은빛과도 대조를 이룬다는 점이다.

---

63 「묵시록」의 다른 구절에서도 붉은빛은 죄악과 음행의 상징으로 나타난다. "불행하여라, 불행하여라. 너 큰 도성(都城)이여, 고운 모시옷과 자줏빛 옷과 진홍빛 옷을 입고 금과 보석과 진주로 꾸몄던 너, 그렇게도 많던 재물이 일시에 없어져 황폐해졌구나."(18:16)

실상 나에게는 검은 상복을 입은 뷔콜랭 외숙모를 상상하기란, 화사한 옷차림을 한 어머니를 상상하는 것과 마찬가지로 불가능하다.(14)

항시 '화사한' 옷차림을 하는 뤼실 뷔콜랭과 달리, 제롬의 어머니 팔리시에 부인은 검은 상복을 입는다.[64] 거의 모든 주제가 대위법적 구조 속에 배열되어 있는 이 작품에서 '붉은빛'과 '검은빛'[65]은 대칭을 이루는 여러 항목들의 표제어로 쓰일 만큼 광범위한 파생체를 거느린다. 적(赤)과 흑(黑)의 대립은 불과 물,[66] 생생한 빛과 차디찬 어둠, 새벽과 황혼, 더위와 추위, 꽃들의 만개와 식물의 시듦, 풍부함과 황량함, 출생과 사망, 넓음과 좁음, 상승과 추락, 고원과 골짜기, 남불(南佛)과

64 어린 제롬에게 어머니와 '검은빛'의 동일시는 거의 절대적인 것이어서, 어머니 자신도 아들의 고정관념을 깨뜨리지 못한다. "어느 날 어머니가 아침에 쓰는 모자에 검은 리본 대신 연보랏빛 리본을 단 것을 보고 나는 소리쳤다. '아, 엄마! 그 빛깔은 엄마한테 어울리지 않아요!' 다음 날 어머니는 다시 검은 리본으로 바꿔 다셨다."(12)

65 이 작품에서 '붉은빛'과 '검은빛'의 뚜렷한 대비는 『적과 흑』을 연상시킨다. 스탕달의 소설에서 붉은빛과 검은빛은 각기 젊은이들의 야망의 대상이 되는 '군인의 길'과 '성직자의 길'을 상징하지만 육체와 정신, 현세와 내세의 대립적 의미 구조 속에 놓인다는 점에서 크게 다르지 않다.

66 이하 많은 대립항들의 실례를 물/불의 예로만 대신하기로 하자. "나는 얼굴이 불덩이처럼 달아올라 도망쳐 나왔다. 나는 정원 안쪽 끝까지 달려갔다. 거기서 채소밭의 조그만 빗물통에 손수건을 적셔 이마에 대고, 뺨이며 목이며 그녀가 만진 데는 모조리 닦고 문질렀다."(19)

북불(北佛), 이교와 기독교 등의 대립과 동질적이다.[67]

문제는 알리사의 '흰빛'과, 제롬 어머니의 '검은빛', 뤼실 뷔콜랭의 '붉은빛'이 어떤 관계에 있는가 하는 것이다. 우선 알리사의 성격이 어머니 뤼실 뷔콜랭에 대한 반작용으로 형성된 것인 이상, 모녀간의 닮음은 근원적으로 부인될 수 없다. 실제로 그녀는 그녀 아버지에게 "어머니를 닮았다는 생각을 불러일으키"(189)며, 이는 지난날을 회상하는 제롬의 말에서도 확인된다.

아마도 그녀는 자기 어머니를 많이 닮았을 것이다. 그러나 그녀의 눈길은 무척이나 다른 표정을 지니고 있었기에, 훨씬 나중에서야 나는 어머니와 딸이 닮았다는 것을 알아차릴 수 있었다.(21)

뿐만 아니라 알리사는 제롬의 어머니와도 닮았다. 제롬과

---

67 대립적인 주제들이 무수히 변주되는 이 소설에서, 사건이나 장면의 대립적 구성 또한 눈여겨볼 만하다. 특히 제1장에서 뤼실 뷔콜랭의 불륜 장면과 알리사가 고뇌하는 장면은 작가의 의도적인 배치로 여겨진다. 소란스럽고 저속한 즐거움이 따르는 육체적 사랑과 순수·침묵·명상의 정신적 사랑은, 촛불의 불빛/일몰의 어둠, 열린 문/닫힌 문, 누워 있음/꿇어앉음, 웃음/눈물 등의 대립으로 나타나며, 이 같은 중심 주제들은 이후에도 강박적으로 되풀이된다. 이에 대해서는 Cl.-A. Chevalier, *La Porte étroite*, *André Gide*, coll. Balises, Nathan, 1993, p. 31 참조.

외삼촌, 쥘리에트와 플랑티에 이모의 닮음[68]이 이야기되는 자리에서, 미스 애시버튼은 제롬을 향해 말한다. "네 어머니를 생각나게 하는 건 알리사야."(49) 또한 알리사의 아버지가 제롬을 "친아들로 대해준"(43) 것처럼, 세상을 떠나기 전 제롬의 어머니는 그들 "두 사람을 한 어머니로서 포옹하여, 하나로 결합시켜주려고"(40) 한다. 이는 곧 알리사에게 '육신의 어머니'와 더불어 '정신의 어머니'가 존재하며,[69] 그녀의 '흰빛'은 두 어머니의 '붉은빛'과 '검은빛' 사이에 놓여 있음을 뜻한다.[70]

사실 순수와 무구, 육체에 대한 영혼의 승리를 뜻하는 '흰빛'과, 죽음과 절망, 창조 이전의 암흑을 뜻하는 '검은빛', 그리고 사랑과 열정, 성적 흥분을 뜻하는 '붉은빛'은 상반될 뿐

---

68 '닮음'은 아직까지 심도 있게 탐색되지 않은 흥미로운 주제이다. 위에서 언급한 닮음 외에도, 보다 깊은 차원에서는 알리사와 플랑티에 이모, 제롬과 아벨의 닮음까지 이야기될 수 있다. 가령 M. A. Wégimont, "Tante Félicie ou l'incapacité de communiquer: La structure *du regard dans La Porte étroite d'André Gide*", *Degré Second* 11(sep. 1987), pp. 11~17에서는 플랑티에 이모를 알리사의 '음화적(陰畵的) 반영'으로 보고 있다.

69 분열적 인간인 알리사에게 있어서, '육신의 어머니'와 '정신의 어머니'의 대립은 제롬에 대한 현세적 사랑과, 신에 대한 내세적 사랑의 대립과 동질적이다.

70 흰빛, 붉은빛, 검은빛의 삼원적 대립은 특히 '삼 일' '삼 년' '세 밤' '세 아이' '세 걸음' 등 이 작품의 마지막 세 장에서 강박적으로 되풀이되는 3이라는 숫자와 무관하지 않을 것이다. 그 표현들은 제롬의 어머니/알리사/뷔실 뷔콜랭, 제롬/알리사/하느님의 삼각관계를 암시하고 은유하는 것으로 볼 수 있다.(Cl.-A. Chevalier, *op. cit.*, p. 66) 3이라는 숫자의 상징적 의미에 대해서는 J. E. Cirlot, *op. cit.*, p. 222를 참조할 것.

만 아니라, 상보(相補)하는 것이기도 하다. 우리는 우선 그 단서를 뤼실 뷔콜랭의 "흰옷도 상복"(14)에 해당한다는 미스 애시버튼의 변명에서 찾아볼 수 있다. 흰빛과 검은빛은 그 함의가 다를지라도 똑같이 죽음을 상징할 수 있다. 다만 검은 옷이 결정적 상실·희망 없는 죽음·허무 속으로의 돌이킬 수 없는 추락을 의미하는 데 반해, 흰옷은 잠정적 공백·구원의 가능성·채워지기로 예정된 부재를 의미하는 것이다.[71] 또한 흰옷에 빨간 숄을 두른 뤼실 뷔콜랭이 '검은 벨벳'(15)으로 만들어진 목걸이와 허리띠를 두르고 있다는 점 또한 세 빛깔들의 관계에 대해 암시하는 바 크다. 낮·남성·원심적 원리의 붉은빛이 자유와 아름다움 등 흰빛의 속성을 가진다면, 밤·여성·구심적 원리의 붉은빛은 어둠에 숨겨진 생명의 신비를 표상하는 검은빛과 연관된다.[72]

요컨대 알리사가 입은 옷의 '흰빛'은 그녀 어머니의 '붉은빛'과 제롬 어머니의 '검은빛'에 동시에 이끌리면서, 대립적인 두 빛깔 사이에서 불안한 왕래를 거듭한다. 그녀의 고통스

---

71 "흰 상복에는 메시아적인 것이 있다. 그것은 채우기로 예정된 부재, 잠정적인 공백을 가리킨다. [······] 검은 상복으로 말할 것 같으면, 그것은 이를테면 희망이 없는 상복이다."(J. Chevalier et A. Gheerbrant, *op. cit.*, p. 671)

72 "밝고, 빛나고, 원심적인 붉은빛은 낮과 남성과 강인함의 성향을 띠고, 행동을 부추기며, 태양처럼 막강하고 굽히지 않는 힘으로 모든 것 위에 빛을 던진다. 반대로 어두운 붉은빛은 밤과 여성과 은밀함의 성향을 띠고, 궁극적으로 구심적이다. 그것은 생명의 표현이 아니라 생명의 은폐를 표상한다."(*ibid.*, p. 831)

러운 삶은 죽음의 검은빛과 관능의 붉은빛 사이에서 떠도는 창백한 흰빛으로 표상된다. 이 소설의 갈등은 흰빛 내부에서의 검은빛과 붉은빛의 싸움으로 요약될 수 있으며, 그 싸움은 두 빛깔 가운데 승리한 하나가 흰빛을 대체함으로써 결판이 난다. 과연 이 작품의 후반에서 흰옷의 알리사는 제롬의 어머니와 같은 검은 상복으로 갈아입는다.

> 그녀는 아직도 상복을 입고 있었다. 모자 대신 머리에 두른 검은 레이스가 얼굴을 둘러싸고 있어서, 그녀는 더욱 파리하게 보이는 듯했다.(170)

제롬의 아버지, 제롬의 어머니, 미스 애시버튼, 알리사의 아버지에 이어, 마지막으로 알리사가 세상을 떠남으로써 이 작품에서 다섯 번에 걸친 죽음은 종결된다. 그리하여 죽음의 검은빛은 신비의 흰빛을 가려버리며, 관능의 붉은빛은 자취를 감추게 된다. 그렇다면 죽음의 승리는 결정적인가? 반드시 그렇지만은 않을 것이다. 그것은 이 작품의 마지막에서 생명의 화신인 쥘리에트를 통해 다섯 명의 아이가 태어나며, 그 막내 아이의 이름이 알리사라는 점에서도 짐작된다. 또한 그 아이가 제롬의 대녀(代女)가 된다는 사실은 제롬과 알리사, 제롬과 쥘리에트의 좌절된 사랑이 그 아이를 통해 간접적으로 이루어진다는 것을 암시한다. 그런 맥락에서 제롬이 대녀 알리사를 만나본 다음, 쥘리에트의 방에서 바라보는 '잿빛' 어스름은 예사롭게 보이지 않는다.

저녁 어스름이 잿빛 밀물처럼 밀려와 사물들 하나하나를 어둠에 잠기게 했고, 그 어둠 속에서 사물들이 되살아나 나직한 목소리로 저희들의 지난날을 이야기하는 듯했다. 나는 알리사의 방을 다시 보는 것 같았다.(214)

우울과 권태의 빛깔이면서 또한 재생과 부활의 빛깔이기도 한 잿빛[73]은 죽음의 검은빛에 가려졌던 흰빛의 회귀라 할 수 있다. 그런 점에서 사물들이 되살아나 지난날을 이야기하는 그 방을, 제롬이 알리사의 방으로 착각하는 것도 무리가 아니다. 어쩌면 이 작품의 말미에서 하녀가 들고 들어오는 '램프'의 불빛은 죽음의 '검은빛'을 딛고 회귀한 '흰빛'과, 생명의 '붉은빛'이 어우러진 것이 아닐까.

흰옷의 의미

사실 이 작품에서 알리사는 제7장 앞머리에 단 한 번 흰옷을 입고 나타난다. 그럼에도 불구하고 알리사의 흰옷은 이 작품

---

73 "같은 분량의 흰빛과 검은빛으로 이루어진 잿빛은 기독교 상징 체계에서 죽은 자들의 부활을 가리키는 것으로 보인다. 중세 화가들은 최후의 심판을 주재하는 그리스도가 잿빛 망토를 입은 것으로 표현하고 있다."(*ibid.*, p. 487)

의 복잡다단한 의미망 속에서 여러 주제들을 망라하는 중요한 매듭으로 기능한다. 이를테면 그것은 중복 결정된 것으로 다수의 의미가 집적되고 방산되는 거점이 되는 것이다. 이를 통해 작품은 은폐할 수 없는 메시지를 은폐하며, 표현할 수 없는 메시지를 표현한다. 그런 의미에서 한 작품의 중심 주제란 반드시 반복 빈도수가 높은 것이어야 할 필요는 없다. 즉 한 주제의 반복 빈도수가 낮다 할지라도 다른 중심 주제들을 연결하는 자리에 있을 때 그것은 또 다른 중심 주제가 되는 것이다.

이 작품에서 알리사의 흰옷은 옷과 몸의 대리 보충적 관계를 통해 그녀와 다른 인물들, 특히 그녀의 어머니 뤼실 뷔콜랭과의 차이를 돋보이게 한다. 육체와 정신의 도저한 갈등 속에서 그녀의 옷은 몸을 단속하는 기제로서, 억압과 동시에 승화의 역할을 하는 것이다. 또한 그녀의 흰옷은 그녀 어머니의 붉은 숄, 제롬 어머니의 검은 상복과 삼원적 관계 속에서 확연한 의미를 가진다. 그녀 옷의 흰빛은 두 어머니의 붉은빛과 검은빛 사이에서 갈등하지만, 그 갈등은 검은빛의 승리로 종결된다. 그러나 이 작품의 마지막에서 대녀 알리사와 더불어 나타나는 잿빛은 사라진 흰빛의 상징적 부활로 읽힐 수 있을 것이다.

그처럼 알리사의 흰옷은 이 작품의 여느 주제들 못지않게 그녀의 성향과 지향을 이야기해준다. 육체와 정신, 지상적 사랑과 천상적 행복 사이에서 방황하던 그녀에게 요양원에서의 고독한 죽음은 가능한 유일한 선택이며 필연이었다. 그러므로 알리사는 많은 연구가들이 바랐듯이, 진정한 성녀도 광적 신비가도 아니다. 요컨대 알리사는 알리사이다. 보다 정확히 말해 알리사는 '흰옷'의 알리사이다. 그녀의 옷이 비어져 나오는 몸을 더 이상 감추지 못하고, 그 옷의 흰빛이 붉은빛의 유혹을 견딜 수 없을 때, 그녀는 죽음의 검은빛 속으로 걸어 들어갔던 것이다. 그녀는 침묵하고 그녀의 흰옷은 말한다.